蔣勳 著

破解 達文西密碼

Cracking the **Da Vinci** Code
with Chiang hsun

井水與汪洋
企業界與文化界的匯流

　　天下文化與趨勢科技原是各擅所長，不同領域的兩個企業體，現在因緣際會，要攜手同心搭建一座文化趨勢的橋梁。

　　我曾在天下雜誌、遠見與天下文化任職三年，先後擔任編輯與高希均教授的特助，雖然為時短暫，其正派經營的企業文化，卻對我影響至深。之後我遠走他鄉，與夫婿張明正共創趨勢科技，走遍天涯海角，在防毒軟體的領域中篳路藍縷，自此投身高科技業，無悔無怨，不曾再為其他企業服務過。

　　張明正是電腦科系的專業出身，在資訊軟體界闖天下理所當然，我從小立志學文，好不容易也從中文系畢業了，卻一頭栽進競爭最激烈的高科技業，其實膽戰心虛，只能依憑學文與當編輯的薄弱基礎以補明正之不足，在國際行銷方面勉力而為。出人意料的是，趨勢科技從二○○三年連續三年被國際知名的行銷研究權威Interbrand公司公開評定為「台灣十大國際品牌」的榜首，二○○五年跨入全球百大品牌的門檻，品牌價值超過十億美元，這是無心插柳柳成蔭了。

　　因為明正全力開拓國際業務，與我們一起創業的妹妹怡樺則在產品研發方面才華橫溢，擔任科技長不亦樂乎，於是創業初期我成了「不管部」部長，凡沒人管的其他事都落在我肩上，人事資源便是其中的一項。我非商管出身，不知究理便管理起涵蓋五湖四海各路英雄的人事來，複雜的國情文化讓我時時說之不成理，唯有動之以真情，逐漸摸索出在這個企業中人心最基本的共同渴求，加上明正，怡樺與我的個人風格形成了「改變、創造、溝通」的獨特企業文化，以此治理如今超過四十多個國籍的員工，多年來竟也能行之無礙。二○○二年，哈佛商學院以趨勢科技為個案研究，對我們超越國界的管理文化充滿研究興趣，同年美國《商業週刊》一篇〈超國界管理〉的專文報導中，也以趨勢科技為主要成功案例來探討超國界企業文化的新趨勢。這倒是有心栽花花亦開了！

　　文化開花，品牌成蔭，這兩者之間必然有某種聯繫存在，然而我卻常在內心質疑，企業文化是否只為企業目的而服務，或者也可算人類文明中的一章，能夠發揮對社會的教化功用？它是企業在自家後院掘的井，只能汲取以求自給自足，還是可能與外面的江湖大海連貫成汪洋浩瀚？

　　因為人在江湖，又是變幻莫測的高科技江湖，我只能奮力向前泅泳，無暇多想心中疑惑。直到今年初，明正正式禪讓，怡樺升任執行長，趨勢科技包含六個國籍的十四人高階管理團隊各就各位，我也接著部署交棒，從人資長的權責中解脫，轉任業界首創的文化長一職。

「行到水窮處，坐看雲起時」，我心中忽有所悟。人類文明從漁獵、畜牧、農業走向工業，如今是經濟掛帥的時代，企業活動當然是整個人類文明中重要的一環，如果企業之中有誠信，有文化，有一股向善的動力，自然牽動社會各個階層，企業文化不應只是自家後院的孤井而已。如果文化界不吝於傾注，而企業界不吝於回饋，則泉井江河共同匯成大海汪洋，豈不能創造文化新趨勢？

　　我不禁笑了，原來過去種種「劫難」都只為成就今日的文化回饋。我因學文而能挹注企業成長，因企業資源而能反哺文化；如果能夠引精英的文化清泉以灌溉企業的創意園地，豈非善善循環而能生生不息嗎？

　　於是，我回到唯一曾經服務過的出版公司，向高希均教授、王力行發行人謀求一個無償的總編輯職位，但願結合兩家企業的經濟文化力量，搭一座堅實的橋梁，懇求兩岸文化大師如白先勇、余秋雨、蔣勳等老師傾囊相授，讓企業人、學生以至天下人都得以汲取他們豐富的文化內涵，灌溉每個人的心田，也把江河大海引入企業文化的泉井之中，讓創意源源不絕，湧流入海，汪洋因此也能澄藍透澈！

　　這便是「文化趨勢」書系的出版緣起，但願企業界與文化界互通有無，共同鼓勵創造型的文化新趨勢。

陳怡蓁

二〇〇五年十月二十六日，寫於波士頓雨中

關於「破解」達文西密碼

Dan Brown的《達文西密碼》在短短的時間銷售了三千多萬冊，翻譯成世界各種不同的語言，也連帶地使達文西變成了家喻戶曉的傳奇人物。

《達文西密碼》是一本成功的商業通俗小說。

他從達文西一生多彩多姿的創作活動擷取一小部分元素，加以渲染演義，達到了行銷策略上空前的成功。

《達文西密碼》或許使達文西知名度更高了，但是，達文西廣闊而深邃的創作領域，是否被了解得更多一點？也許很難定論。

關於《達文西密碼》這本讀起來很「過癮」的小說，其中有關達文西個人生活的史實，或有關宗教歷史的史實，長期以來，一直存在著爭議。Dan Brown的小說，只是用了簡單武斷的「渲染」，快速地下了結論，對暢銷小說的行銷策略而言，或許不必苛責，但在學術嚴謹的領域，當然會引起許多學者的抨擊。

歷史小說應當忠實於歷史，還是可以憑作者主觀任意捏造情節？這個問題，見仁見智，本來就存在著矛盾。

不可否認，《達文西密碼》，就一本通俗小說而言，是蠻好看的，尤其在前半部，充滿懸疑推理的安排，使讀者很容易讀下去。下半部作者掉在自己解釋推理的邏輯裡，不可自拔，像一部拍壞的好萊塢電影。

《達文西密碼》，有趣，好看，引人入勝，但當然談不上「深度」。

年輕一代的朋友，如果借這本書入門，引發了興趣，可以對達文西這個人一生的創造產生更多深入的探究，那麼，《達文西密碼》這本小說就有了一定的貢獻。

達文西一生專注於自己的研究與創作，達文西一生不曾有過商業上的成功，達文西一生不曾計較被太多人了解，他在自己創造的領域，很寂寞，很孤獨，但是，我想：他有他的快樂與滿足，他有在巨大孤獨中的自負。

閱讀《達文西密碼》時，我覺得Dan Brown少掉了一點這種孤獨，小說寫的太熱鬧，人物也就失去了深度。

這本《破解達文西密碼》，記錄了一些我對達文西世界的另一種領悟，看完Dan Brown小說的熱鬧，願意回到達文西創作領域，領悟一下他的孤獨和沉思的朋友，或許可以在這本書裡有不同的感受。

蔣勳

二〇〇六年一月三十日寫於緬甸
一個美麗的國度

破解**達文西密碼**
Cracking the **Da Vinci** Code
with Chiang hsun

破解達文西
密碼 Cracking the Da Vinci Code
with Chiang hsun

第一部
密碼 Code

1.

蒙娜麗莎

蒙娜麗莎謎一般的微笑下，
其實隱藏著另一張畫——一個衰老男人的憂傷面容。
達文西為什麼這樣做？
那個衰老男人是達文西自己嗎？

呼之欲出？

5.

岩窟聖母

畫裡的兩個嬰兒，
誰是耶穌呢？
是天使用手指著的？
還是被聖母右手護衛著的那一位？

6.

抱貂的女子

畫中絕美的女子，
為什麼卻有著一隻巨大、緊張、焦慮，
甚至帶著令人恐懼的殺機的右手？

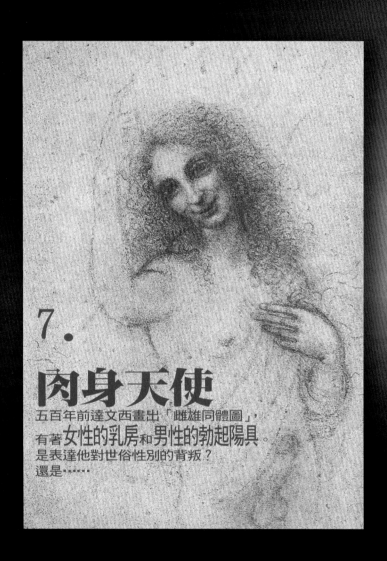

7.
肉身天使
五百年前達文西畫出「雌雄同體圖」，
有著女性的乳房和男性的勃起陽具。
是表達他對世俗性別的背叛？
還是……

8.
人群朝拜聖母聖嬰，達文西把他的自畫
你看到他了嗎？
東方三賢士的

4.

耶穌究竟被誰陷害？
他真有俗世的「妻」和「子」？
達文西畫中藏祕：
一個女人、一把在背後持刀的手

最後的晚餐

3.

施洗約翰

什麼？
這個戴著一綹一綹的金髮、鬼魅般地笑著的男子，竟是「施洗約翰」？
達文西對施洗約翰在曠野的苦修、瘦骨嶙峋的容貌不會不清楚。
然而，快要走到生命盡頭的達文西，

卻畫出這麼**詭異**的一張「施洗約翰」。
這是達文西最後一件作品，也是他藝術創作的最後一個句點。
有人說達文西是以一名妓女為模特兒來畫這張畫的。

妓女與聖者！達文西，他想說什麼？

2.
維特魯維亞
人體比例圖

這是達文西舉世知名的符號，
涵蓋著「時間」、「空間」與「人」的祕密。
你看得出來嗎？

像藏於其中。

朝拜

9.

水流素描

他凝視一滴水，在河邊觀看許久，
沒有人會花那麼久的時間看一滴水，
別人覺得他真是個瘋子。
最後他寫下一句話，
竟成為最早的**流體力學**。

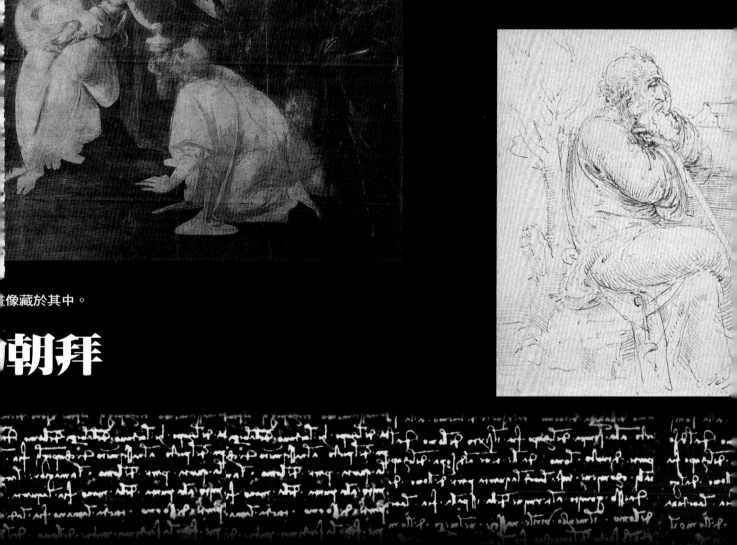

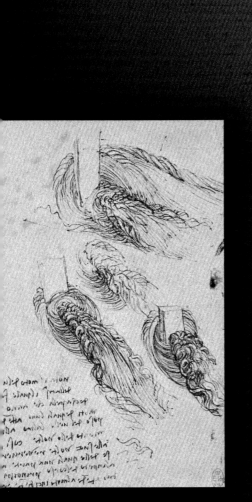

10.

解剖圖

達文西無視道德禁忌、宗教審判，
隱祕地解剖完三十具人體之後，
寫下：我都解剖完了，
「靈魂」在哪裡？

破解達文西
密碼 Cracking the Da Vinci Code
with Chiang hsun

第二部
達文西
Leonardo Da Vinci

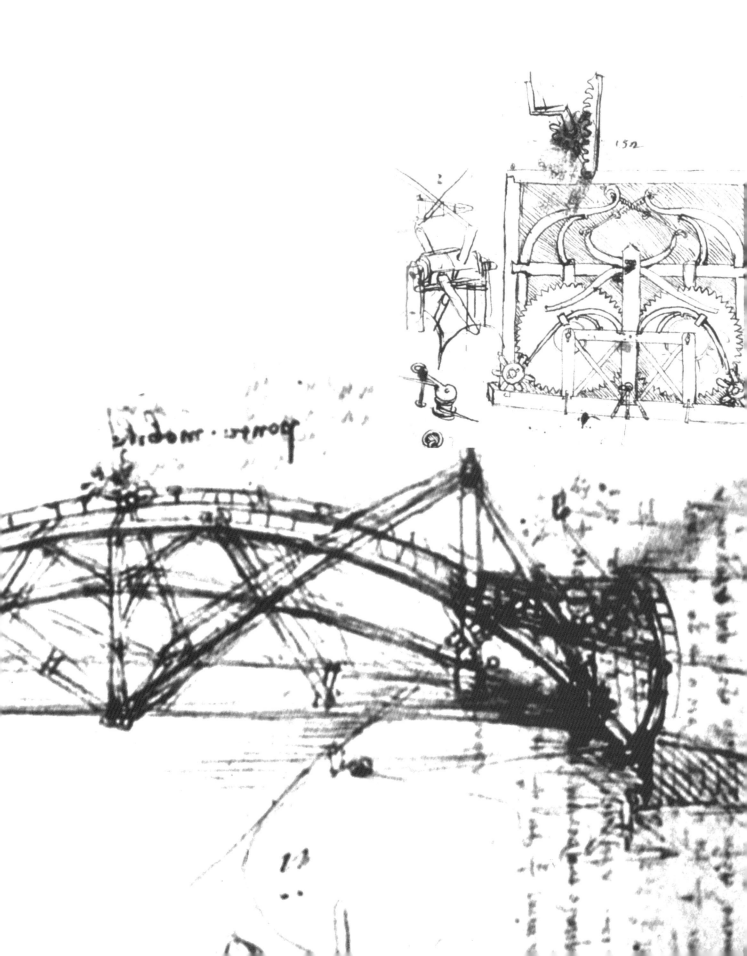

康乃馨聖母 約作於1472至78年間　木板蛋彩油畫　62.3×48.5公分　慕尼黑·古代美術館藏

Renaissance
naissance

文藝復興與中世紀

「文藝復興」是一般人很熟悉的名詞。在西方歷史上，「文藝復興」特別指大約從一四〇〇年到一五〇〇年這一百年間文化上蓬勃發展的狀態；建築、美術、文學、音樂、戲劇、哲學，甚至庶民的生活，都起了很大的變化，也是西方歷史中最具有文化創造力的時代。

從西方的文字來看，「文藝復興」的原文：Renaissance，有「再生」的意思。現今拉丁語系的字源naissance，仍然可以翻譯爲「誕生」。

如果「文藝復興」是指一四〇〇年以後一種「復活」或「誕生」的文化現象，那麼，一四〇〇年之前是什麼樣的時代呢？

很多人可能聽過「黑暗時代」這個名稱。

「黑暗時代」特別用來形容文藝復興之前在基督教信仰控制下的歐洲歷史，也就是所謂的中世紀。

有些歷史學家不一定贊同用「黑暗時代」這樣含有偏見的名詞來稱呼中世紀。但是，的確在中世紀的宗教箝制之下，思想的自由受到了很大的限制和約束。

中世紀，重要的不是知識，而是信仰。在那個時代，唯一被鼓勵閱讀的書可能只是基督教的《聖經》。

《聖經》是唯一的信仰，人們用它來解釋宇宙所有的現象。在《聖經》的〈創世紀〉裡，描述了神如何創造了星球，如何分開了海洋和陸地，如何分別了白天和黑夜，如何創造了男人亞當和女人夏娃，亞當和夏娃又如何違反了神的禁令，偷吃了禁果，有了愛慾，被逐出伊甸園，流落到人間，成爲人類的祖先。

《聖經》構成的神學，在漫長的中世紀，成爲解釋一切現象的唯一知識。神學替代了科學、信仰蒙蔽了知識，人類活在沒有理知思維的蒙昧黑暗之中。

來自基督教會的嚴格的教條和誡律，使信徒只能卑微地奉行遵守，不能有個人的意見，不能有懷疑，也不能有思考。

身體既然是因爲亞當夏娃犯罪之後才產生的，這個身體從出生開始也就帶著「原罪」，只有期待最後審判時神的赦免和救贖。

在這樣的禁慾壓制下，中世紀的繪畫或雕刻只有圍繞著《聖經》的故事來表現。耶穌、聖母、天使，或一切的基督教聖人，都有固定的畫法，叫做「聖像圖」（ICON）。聖像的姿態表情都是固定的，不能隨意改變，成爲一種公式。

人類的理知在沉睡的狀態，沒有對知識的好奇；人類的感官也在沉睡的狀態，沒有對肉體與慾望的好奇。

因此，「文藝復興」是一種甦醒的現象，經過漫漫長夜，人類將從沉睡的狀態甦醒，開始轉動自己的眼睛，開始觀察；開始活動自己的手指，開始感覺自己的身體；開始用自己的頭腦思考問題，開始行走；漫長的黑夜將要過去，理性的曙光已宣告新時代的來臨。

甦醒的年代

十四世紀的下半葉，義大利發生了嚴重的瘟疫。傳染病的侵襲，帶來了死亡的恐慌。在堆積如山的屍體中，卻有一位作家——薄伽丘（Boccaccio），以詼諧幽默的筆調說了一連串有趣、快樂，充滿怪誕的生命力的故事。這本叫做《十日談》（*Decameron*）的著作，創作於西元一三五三年，也正是黑死病肆虐的期

間。薄伽丘似乎使原來瀕臨絕望的人，有了重新省視自己生命的機會。死亡終究來臨了，死亡不是遲早都會來臨嗎？如果在死亡逼近的時刻，忽然省悟到自己的一生什麼也沒有做，什麼也不會留下，將是多麼遺憾空虛的事。薄伽丘以十名左右逃避瘟疫而偶然聚集在一起的男女，每人負責講一天的故事，並且強調這些故事必須是使大家快樂的。

聽故事的人彷彿有了反省，他們發現，不只是瘟疫帶來了死亡，其實，人在禁忌中麻木地活著，和死亡沒有太大的不同。

一種渴望甦醒的聲音在漫漫黑暗的死亡中流傳了起來。

比薄伽丘更早創作的《神曲》，由於作者但丁（Damte）被放逐，到了一三七三年，這部歌頌俗世之愛的長詩，也由薄伽丘正式介紹給了佛羅倫斯的大眾。

人們渴望甦醒，渴望從自己的身體開始甦醒。文學打開了第一扇窗子，使黎明的光照在渴望體溫的身上。

俗世的文學用直接而且大膽的肉體描述對抗了中世紀長期的禁慾主義。

在《十日談》的「第三日」，薄伽丘嘲諷地描寫了一名猛男馬塞多（Masteto）如何以肉體滿足了一整個修道院的修女。看來淫穢的故事，潛藏著使肉體解放，使人的感官重新獲得釋放的祝福。

大部分對俗世意義描述的書籍、繪畫、雕刻，被視為「不道德的」。基督教會建立了嚴厲的裁判機構，羅馬的教皇以政治及軍事鞏固最後的信仰中心：開明與保守，理性與蒙昧，自由與禁慾，人的尊嚴與權威展開了長期的拉鋸戰。

在甦醒之前，義大利的城邦在對抗封建、威權、禁慾的基督教權力中心，做了許多努力。

新階級的形成

個人的覺醒，在巨大的教權政治壓抑下，力量是非常微小的。個人的覺醒，期待著整個社會的結構發生本質上的變化，期待著新階級的形成，也期待著新制度的建立。

中世紀的後期，在封建的教權貴族和下層的農民勞工之間，產生了新的商人階級。這些以經商貿易致富的社會階層，也被稱為布爾喬亞人（Bourgeois），或被譯為中產階級。

基督教《聖經》中說：有錢的人進天國，比駱駝穿過針眼還難。

基督教的原始教義隱含著明顯的反商意識，也連帶禁制商業文化可能帶來的世俗享樂及物質追求的價值觀。

中世紀後期，崛起於各個義大利城邦的商人階級就扮演了最早摧毀教條或使宗教權威轉型的重要力量。

以佛羅倫斯來看，類似梅迪奇（Medici）這一類的商人階級崛起，原來可能只是羊毛進口或製作服裝的產業，但逐漸致富之後，涉及到發行紙幣、支票匯兌，形成了近代經濟的新規模。這些商人階級逐漸掌控了城邦的經濟命脈，成立歐洲最早的銀行。他們的財富甚至可以借貸給需要戰爭經費的貴族和教皇。因

柏諾瓦的聖母
約作於1478年
帆布上油彩（原先是在木板上）
49.3×31.5公分
聖彼得堡‧赫米塔希美術館藏

吉內芙拉‧班奇　約作於1478～80年　蛋彩油畫　38.8×36.7公分　美國華府，國家畫廊藏

這件作品被裁切過，原來應該畫到手部。混合了文藝復興初期的蛋彩及較後期的油畫，
兼具細節描述及渲染的技巧，人物雍容華貴，延伸出一片寧靜悠遠的風景。

Leonardo

**達文西與維洛及歐
「耶穌基督受洗」**
約1472～73年
油彩與蛋彩在木板上　176.9×151.2公分
佛羅倫斯，烏菲茲美術館藏

肉身天使
約1513～15年
粉筆或碳筆，粗糙的藍畫紙
26.8×19.7公分
德國，私人收藏

禁書的希臘古典著作重新被翻譯成拉丁文，重新出版，使大眾可以閱讀。一四○六年，托勒密（Ptolomy）的天文著作被譯為拉丁文，一四四○年，佛羅倫斯的學者布魯尼（Bruni）翻譯了亞里斯多德的《政治學》，一四六三年，費契諾（Ficino）翻譯了柏拉圖的《對話錄》。這一連串對古典哲學及科學的翻譯工作，幾乎都在開明的商人階級贊助下推動，加上一四五六年德國人古騰堡（Gutenberg）啓用了東方傳來的印刷術印行了《聖經》；思想與科技密切結合，思想無法再成為少數人壟斷的專利。透過現代的印刷術，思想將大量在民眾間普及，《聖經》的權威性將重新被挑戰，希臘的古典將重新從禁忌中解放，重新掀起人們對思想、研究、探索、實驗的興趣。

達文西是在這樣的背景下誕生的，他終其一生，不斷思考、研究、探索、實驗，成為「文藝復興人」的典範。

達文西的童年與青年時期

達文西（Da Vinci），「文西」（Vinci）是距離佛羅倫斯大約六十英里的一個小村落。一四五二年四月十五日凌晨三時，他誕生了，母親是平凡的農家女子，父親是律師，兩人並沒有結婚，這個被取名為雷奧納多（Leonardo）的嬰兒，後來長大，展現了多樣的才華，榮耀了他出生的村落，原來默默無聞的村落永遠和這位偉大人物的名字結合在一起，被稱為——雷奧納多·達·文西。

大約在十四歲以前，他都生活在文西村，因為父親是當地著名的律師，因此接受了良好的學校教育。他在有些貴族氣的環境長大，喜歡穿華美的衣服，能夠彈奏樂器，唱歌，喜歡數學研究，也展現了繪畫的才能。

他把蜥蜴、蛇、蝙蝠拿來解剖，局部切開之後，再以幻想的方式重新組合，蛇有了蝙蝠的翅膀，蝙蝠有了蜥蜴的頭；他用素描畫下這些組合的動物，結合了科學和藝術的想像。

大約在十七歲左右，他的父親發現了他繪畫上的

此，也一步一步獲得了掌控政治權力的機會。

商業的繁榮形成之後，需要合理的管理制度，佛羅倫斯出現了七個工會，羊毛、紡織、銀行家、律師、醫師，乃至金屬雕塑，各有工會組織，也使學有專長的人，可以透過工會，獲得保障，也有展現才能的機會。

被教權階級壟斷的俗世生活制度得到了商業的協助，蓬勃發展起來了。

新階級形成了。新階級來源於商業的致富，因此，他們無法完全接受基督教的禁慾主義。他們重視俗世生活，重視人的肉體存在的事實，重視理性與思辯，重視現實社會的是非與正義，他們需要哲學來修正神學，他們需要公正的法律來平衡教會獨斷的審判，他們需要科學來對抗宗教，需要知識來開啓盲目的迷信。

商人階級在義大利創造了影響歷史的「文藝復興」，因為他們不只是財富和權力的擁有者，更重要的是：他們以財富及權力創造了文化，創造了以人為中心的知識體系，創造了新的生命尊嚴與生命價值。

在商人階級的保護、贊助之下，許多原來被列為

Da Vinci

才華，帶他到佛羅倫斯，送他進入當時著名的維洛及歐（Verrochio）畫室學畫。

　　文藝復興時代，藝術家同時兼具著工匠的技術。因此，嚴格來看，維洛及歐的「畫室」，並不只是「畫室」，而是一個教授技藝的「工作坊」。達文西十七歲進到這個工作坊，一開始學習的是一般學徒都必須會的掃地、洗畫筆、做模特兒，慢慢地，才學習繪畫，製作金屬燭台，或者雕刻墓碑。因此，達文西的藝術學習中包含了許多屬於工匠技術的才能，能夠準確的掌握材料，能夠熟練地運用技術。

　　過去的藝術資料上流傳著一個故事，說明達文西在學徒時代，幫助教師維洛及歐畫「耶穌基督受洗圖」（頁二十四，上左）；達文西在畫的左下角添加：兩名側面的天使。這個圖像讓他的老師大吃一驚，因此放棄了繪畫，而改做雕刻。這個故事可能有些誇張之處，但是，的確達文西沒有多久，在繪畫上青出於藍，超越了他的老師，維洛及歐也把工作坊繪畫方面的工作大多交由他處理。

　　在這一段期間，達文西的父親也逐漸發達起來，律師的業務越來越繁忙。一四六九年，達文西十七歲的時候，他的父親從文西村遷居佛羅倫斯，娶了四名妻子。達文西離家，和維洛及歐同住。從小母親的缺席，或許對他一生發生重大的影響，使他一生厭惡與女性來往。在他二十歲，結束了長達六年的學徒生涯，可以擁有自己工作室之後，他的身邊總是圍繞著俊美的男性同伴及學生。這些男性的同伴，可能是他肉體上的伴侶，也可能是在藝術的創造、思想的啟蒙、科學的探討上相互激發的精神上與心靈上的互動力量。

　　一四七六年四月至六月間，達文西和三名青年，被佛羅倫斯的一個委員會傳喚，要求他們出庭答辯有關同性戀的指控。這個案件雖然很快被撤銷，但顯然對達文西此後的思維發生了重大影響，他不但因此設計了許多從監獄逃亡的工具，也在大批的草圖中不斷對性別的議題做出非常顛覆而且另類的思考，例如「肉身天使」草圖（頁二十四，上右），就描繪出了女性肉體而兼具男性勃起陽具的圖像。

　　從個人青少年期的性別困擾出發，達文西的思考擴大到人類身體的性別構造，也擴大到對兩性與中性的對立或和諧的諸多可能，他的一系列對男性、女性生殖系統的解剖草圖，他在以後繪畫中所展現的交錯於男性與女性之間的形貌魅力，都成為今日藝術美學領域最前衛與現代的議題。

教堂圓頂上的金球

　　達文西誕生以前，佛羅倫斯城為了興建新的教堂圓頂煞費苦心。在中世紀時期，由於基督教信仰，大教堂多採用向上直線的追求，儘量挑高，以力學上的尖拱，交叉肋拱，以及建築外圍的飛扶拱，來使建築的結構可以向上發展，尋找通向神的高度象徵，也就產生了哥德式（Gothic）的大教堂形式。

　　一四○○年之後，顯然對宗教的俗世化有了新的要求，加上古代羅馬圓頂型建築的再復興，使當時的建築極迫切渴望擺脫後期哥德式過度繁瑣的風格，重新追求古典的素樸。建築師布魯內萊斯基（F. Brunelleschi）研究了古代羅馬的穹頂，以磚塊旋轉排列的方法，結構起了兩層的圓頂形式，完成了文藝復興時代新建築的風格。

　　一四七一年，才十九歲的達文西，協助他的老師維洛及歐鑄造一顆直徑六公尺，重量有兩噸重的金球，要把這樣一顆巨大而沉重的金屬球置放到教堂圓頂的頂端，不是一件容易的事。十九歲的達文西展露了工程上的才華，他設計了一套起重裝置，完成了金球的安置工作。

　　事實上，建築師布魯內萊斯基在建築工地上留下了許多機械，也有許多有關的草圖，達文西依據這些資料，發明了旋轉式的起重機，十九歲的他，繼承了前人的基礎，研究各種物理現象，遠遠超出了一名畫家的限制。

　　在同一年，十九歲的達文西還設計了機械的汲水裝置，他對水的流動、水的物理現象充滿了興趣，也從這起點，他從事了水閘、水壩、橋梁，以及運河的研究。他把「水」做為一種現象來觀察，分析水的特性，了解水在不同壓力下的變化，具體地分析米蘭的

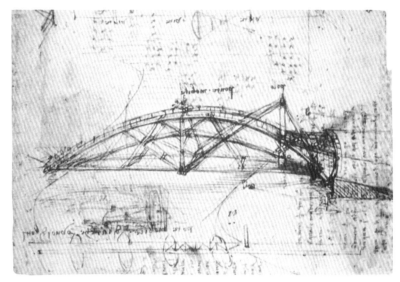

（上左）
佛羅倫斯運河計畫圖
約1495年　鋼筆與墨水　27×20公分　米蘭，安布羅西安那圖書館藏

（上中）
佛羅倫斯運河計畫圖
約1495年　鋼筆與墨水　米蘭，安布羅西安那圖書館藏

（上右）
亞諾河風景
1473年8月5日　筆與墨水　193×284公釐　佛羅倫斯，烏菲茲美術館藏

（中）
浮橋設計圖（細部）
約1490年　鋼筆與墨水　米蘭，安布羅西安那圖書館藏

（下）
旋轉橋模型
根據1490年的草圖所作　二十世紀

（上）
戰車設計圖（細部）
約1485年　鋼筆與墨水　倫敦，大英博物館藏

（下）
戰車模型
根據1485年草圖所作　二十世紀

達文西許多手稿已由近代科學家通力合作，製作出模型，
達文西的科學發明一一被證實它們的可行性。

艾達河,以及佛羅倫斯的亞諾河,試圖改變河道,改革灌溉的方法,以及貿易運輸的條件。他留下了無數有關橋梁的設計,包括為伊斯坦堡黃金角設計二四○公尺長的大拱橋。這些設計草圖大多沒有機會完成,也許因為經費的關係,也許因為達文西的觀念太過先進,當時的人不能接受,但大多他的設計在五百年後,經由現代科學的分析,竟然都是準確可行的,也對二十世紀的工程科學帶來了彌足珍貴的啟發。

戰爭和音樂

一四八二年,三十歲的達文西,似乎並沒有確定自己畫家的地位,他寫信給米蘭的公爵盧多維克‧史佛薩(Sforsa),說明自己可以勝任的工作是「軍事工程師」,他列舉自己的能力,可以建造橋梁,可以建造大砲,可以設計防禦的碉堡以及戰車。

在戰爭頻仍的年代,在城邦領袖急切渴望鞏固及擴大權力的時代,畫家達文西如此推薦自己軍事的才能,究竟說明了什麼呢?

藝術、美、生命的尊嚴,人的自由與和平,達文西在每一件畫作中追求的理想,卻與殘酷而荒謬的現實衝突著。

達文西也許要經費做研究,對科學的極度狂熱,有時使他專注沉迷。他設計了裝置鐮刀的戰車,戰車奔跑著,鐮刀被轉軸帶動,可以飛快旋轉,絞殺敵人。面對著達文西手稿中這樣的畫面,看到殘斷的肢體,被鐮刀切殺的說明文字,再回來看達文西在繪畫世界呈現的宗教情操的虔誠與寧靜,不能不有荒謬之感罷。

然而達文西第一次自我推薦為米蘭公爵的「軍事工程師」的計畫也並沒有成功;他結果是以「樂師」的身分被請到了米蘭。在豪華的公爵宮廷,在貴族們盛裝的宴會中,達文西吹奏起他自己製作的樂器,一支用馬的頭骨加公羊角製成的笛子。他以美麗的音樂取悅貴族們,他為他們安排宴會的娛樂,為貴族夫人們設計了珠寶和服飾,為她們的婚禮設計跳舞的大廳,又為公爵的情婦設計浴室,設計節日時的遊行。

在「戰爭」和「宴樂」之間,達文西在第一次到米蘭時期,扮演了後者的角色。

在戰爭的嘶叫喧鬧間,或許有人真心聽到過達文西美麗的笛聲罷。

岩窟聖母和抱貂的女子

大約在另一次居住於米蘭時,達文西創作了「岩窟聖母」這件作品。

達文西創造了沉浸於內心祥和世界的聖母形象,沒有憂慮、沒有恐懼、滿心慈愛地看著嬰兒時的耶穌。看畫的人是知道這個嬰兒以後的命運的。生命注定的悲劇,坎坷、孤獨死於十字架上的痛苦,使這件看來寧靜優雅的畫作後面湧動著巨大的悲劇感。達文西使中世紀原來一成不變的《聖經》圖像重新被詮

馬頭羊角七弦琴的模型
根據1492年草圖所作
青銅
47×30×25公分
文西,愛狄爾博物館藏

釋，有了鮮活的生命現實的情操。

「岩窟聖母」的背景已經出現了達文西特有的山水符號。這種極近似於中國宋元山水淡墨渲染（義大利文爲Sfumato：霧狀的）的風景，構成了達文西世界遼闊渺遠的感人力量，也呼應著主題人物內心的悠靜綿長，使聖母臉上淡淡的若有所悟的微笑，借山水擴大成爲一種永恆的宇宙力量。

達文西的「岩窟聖母」使他在米蘭獲得畫界的聲譽，他有了自己的畫室，招收學生，也開始接受委託，爲米蘭的貴族們製作肖像。「抱貂的女子」就是這期間留下的一幅最著名的肖像畫。

「抱貂的女子」畫的是米蘭公爵史佛薩的情婦中最受寵愛的一位，名叫「加勒蘭尼」（Cecilia Gallerani）。「加勒蘭妮」轉身側望，手中抱著一隻白貂。貂是米蘭公爵的家族徽章，也同時象徵女性的貞潔溫馴。從「抱貂的女子」圖來看，達文西繪畫世俗現實中的女子，與「岩窟聖母」中神聖的女性並沒有不同。彷彿內心的寧謐安詳即是聖潔，宗教可以不假外求，只是內心對美與善良的不斷修行罷。

「抱貂的女子」，穿著米蘭貴族當時時髦的服裝，額上繫著髮帶，特別引人注意的是女子的右手，似乎在撫摸著貂，卻又透露著一種難以言喻的緊張，好像在生命平靜的表面下，掩藏著洶湧的底層騷動。近代心理學家佛洛伊德，曾經對達文西畫中的「手」做過比對分析，他認爲達文西畫中人物的「手」往往透露著創作者潛意識底層的神祕、悸動、焦慮，成爲達文西繪畫中最具象徵性的符號。

（上）
岩窟聖母
作於1483至1485年
帆布上油彩（原本是在木板上）
198.1×123.2公分
巴黎，羅浮宮藏

（下）
抱貂的女子，又名「西西麗亞‧加勒蘭妮」
作於1483至1490年
木板上油彩
56.2×40.3公分
克拉考，查托里斯基博物館藏

利塔聖母像 約作於1490年　帆布上蛋彩（原本是在木板上）　41.9×33公分　聖彼得堡，赫米塔希美術館藏

這件作品可能是Giovanni Antonio Boltraffio依據達文西素描原稿創作的作品。十九世紀，米蘭利塔（Litta）家族把這張
畫賣給沙皇亞歷山大二世，因此成為聖彼得堡赫米塔希美術館的收藏。

無名女子像 約作於1490～1495年　胡桃木油畫　63×45公分　巴黎，羅浮宮藏
在暗鬱的背景裡，一種冷靜無言的凝視，華貴、青春、美，都成為遙遠不可企及的神祕。

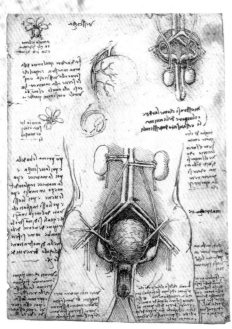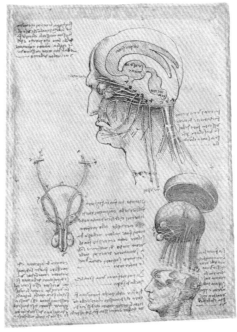

(左)
男性與女性泌尿系統解剖研究
約1510年　鋼筆與褐色墨水　19.2×13.5公分　維也納，康斯珊隆博物館藏

(右)
腦部與男性生殖器解剖研究
約1510年　鋼筆與褐色墨水　19.2×13.5公分　維也納，康斯珊隆博物館藏

解剖學

聖傑若
約作於1481年
木板上油彩
103.2×75公分
羅馬，梵諦岡博物館藏

　　在達文西的時代，由於宗教的禁令，並不能公開解剖人體，雖然，包括他的老師維洛及歐在內，前期文藝復興的許多畫家都已經開始練習解剖，做為研究繪畫的基礎。

　　達文西在創作「聖傑若」（St. Jerome）時，為了表現聖人苦修的狀態，伸長的右手拿著石塊，石塊用來懲罰自己，這個伸長的手臂，以及牽動的肩膀及頸部的肌肉與骨骼狀態，達文西都經過解剖，在手稿中做了細密的紀錄。

　　老人與青年，他都做了紀錄。老年凝視青春，青春與衰老相互對望。達文西觀察生命在不同狀態的變化，肌肉發生什麼樣的變化，青春會變得衰老。衰老是青春的延續，青春是衰老的回憶。

　　達文西使看起來血淋淋的解剖學有了詩意的內容。

　　他曾經解剖過三十具人體。他相信人體的骨骼和肌肉是一切結構的基礎。他說：人是宇宙的準則。他嘗試把人的頭骨和腿骨用來設計建築，他也比喻人的心臟就像一座教堂的內部空間。

　　他和屍體睡在一起。他也抱怨屍體腐爛太快，在他解剖的紀錄還沒有做完，已經開始發臭了。

　　人體是什麼？

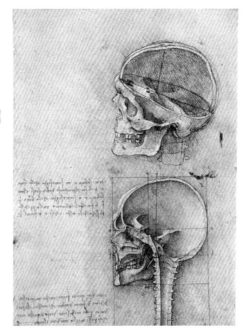

（左）
女性生殖器官與胎兒成長解剖研究
約1510年 鋼筆與墨水 30.2×21公分 溫莎，皇家圖書館藏

（右）
頭骨解剖研究
約1489年 鋼筆與墨水覆上黑粉筆 18.7×13.5公分 溫莎，皇家圖書館藏

在他用解剖刀一層一層打開人的皮膚、脂肪、肌肉之後，他發現了許多神奇的構造。

他發現了胃和整個消化系統的功能；他研究著以肺為中心，人體呼吸的功能；他發現了血流在動脈與靜脈間的循環關係，他被認為是最早發現血管硬化的研究者。他切開了腦，嘗試了解人的思維，他切開了眼球，試圖探討人類的視覺組織。

也許，堆放在達文西四周的器官，不再只是一種物質，而是他通過一頁頁的草圖手稿，試圖書寫的一種生命的詩句罷。

他對肌肉、骨骼、手掌、小腿的解剖，比較容易了解是為了繪畫的練習。但是，他對人體內臟、器官、血管、神經組織的草圖，顯然只是為了滿足他對生命的好奇罷。

他切開了一名孕婦子宮，了解胎兒的存在狀態，也如同他切開了一粒果實的種子，了解植物胚芽的生長。

解剖學是生命科學的基礎。

達文西很仔細地切開了一枚人的心臟。他分析了血流經由不同的管狀組織進入和退出心臟的關係。他似乎不只是在解剖，他在一枚已經停止功能的心臟裡發現了生命湧動的努力。他形容心臟裡的血流脈動，很像海洋潮汐的漲退。心臟是一個空間，被溫熱的血流湧進，擴張了，然後，血流退出，心臟收縮了。

在他解剖學的手稿中，科學是一種詩，不僅是嚴密的論證，也容納了夢想與愛。

他對生命的本源懷著最大的好奇，他切開過女性的子宮，男性的陽具，試圖了解在生殖交媾中人體的構造。

他對人體沒有道德的偏見，人體首先必須是一種科學。

最後的晚餐 約作於1495至1497年　油彩與蛋彩的混合顏料，壁畫
422×904公分　位於米蘭，聖瑪利亞感恩教堂的膳食堂

他在一次又一次的解剖中發現了人體許許多多的組織的祕密，然而，他似乎期待著：靈魂在哪裡？愛在哪裡？

也許解剖學上成就驚人的達文西，面對著一具一具支離破碎的人體，仍然會發出悵然疑惑的詢問罷。

解剖學也許是通過死亡的研究期待生命的永恆現象罷。因此，解剖學裡論證嚴密的達文西，必須在藝術的世界裡把支離破碎的人體重新整合，使肺可以呼吸，使胃腸蠕動，使大腦開始思維，心臟跳動，血流在動脈和靜脈間，眼球有了渴望，臉上的肌肉有了喜悅、憂傷、驚恐或和平，達文西的解剖學也許必須一一在他的畫裡找到印證，最好的例子莫過於他四十三歲的傑作「最後的晚餐」。

最後的晚餐

「最後的晚餐」是《聖經》圖像中最常見的一個畫面。描寫耶穌和十二門徒進入「客西馬尼」（Gethsemane），坐在一起用餐。耶穌已預告門徒中猶大出賣了祂，祂將被逮捕，應驗宿命中死在十字架上的結局。

耶穌預告了自己的死亡，祂最後一次與門徒們一起用餐。祂把麵包分下去，說：「你們吃罷，這是我的身體。」又把紅酒分下去說：「你們喝罷，這是我的血。」

一般從宗教的教義來看，「最後的晚餐」是基督教信仰的儀式，也是至今仍保存的天主教「彌撒」的起源，在儀式中進行領受聖體（麵包）和聖血（紅酒）的象徵。

達文西從一四九五年開始在米蘭多明尼加修院的聖母感恩禮拜堂的餐廳繪製這件鉅作。這個工作延續了三年，使公爵和修道院不滿，甚至發現達文西常常一整天面對空白的牆壁，沒有動筆。

達文西凝視著空白，凝視著一切的未知，如同耶穌凝視著自己死亡和永生的未來。達文西不再是重複宗教上一再重複的「最後的晚餐」，他要實驗、思考、創造出歷史上最偉大的一幅「最後的晚餐」。

如果生命預告死亡，將會有什麼表情？

達文西把十二門徒分成四組，每三個人一組，他們有些驚恐，有些憂傷；有些指天發誓，有些捫心自問；有些天真無邪，有些充滿疑慮。達文西走遍米蘭的大街小巷，尋找各式各樣人的表情，年輕的、老的、善良的、邪惡的、高貴的、卑微的、美麗的、醜陋的。當基督說：「你們之中有人背叛了我。」時，門徒們一剎那間顫動了起來，他們的手，像音樂中的符號，在巨大的畫作中形成了旋律和節奏。然後，坐在正中央的耶穌只是低垂著頭，他沉湎在自己的思維中，攤開雙手，形成一個穩定不動的金字塔的三角形。

預知死亡，不再只是宗教的訓示；預知死亡成為達文西世界生命的必然結局，在驚恐、慌張、痛苦、哀求、逃避之後，達文西試圖給面對死亡一清如水的平靜罷。

「最後的晚餐」中有嚴謹的透視法，每一條分割的線都準確地向三度景深的焦點集中，以耶穌為中心點，上下左右的律動都有了規則，在騷動變化中有了靜定永恆的力量。而那靜定與永恆的力量竟是宣告死亡的力量：死亡成為唯一而且永恆不變的結局。

「最後的晚餐」從宗教的儀式轉化為生命的儀式：十三名純男性的餐桌上，信仰與懷疑，忠誠與背叛，聖潔與邪惡，死亡與永生，展開了豐富的對話。

「最後的晚餐」五百年來成為人類試圖解開謎語的主題，這是達文西最成功，也是最失敗的作品。

失敗的原因，在於達文西對實驗材料與技法的好奇。在應該畫濕壁畫（Fresco）的灰泥牆壁上，他實驗性地使用了蛋彩加油的材質；這種實驗畫了一半，他已經發現其中的錯誤，但畫作並沒有停止，他仍然繼續下去。達文西似乎並不關心一般世俗的「結果」：對他而言，科學的發明，美術的創造，更重要的是思維的過程。

一五三六年，距離達文西完成「最後的晚餐」四十年後，傳記家瓦薩里到米蘭時，這件作品已斑剝漫漶不清了。十七世紀，修道院為了使餐廳有一個門通向廚房，在牆壁上打了一個洞，畫再度受損。

然而五百年來，全世界科學及藝術的精英都在努力保存及修復這件傑作，彷彿我們從達文西身上得到的並不是一幅畫，而是他對生命創作的動力。如同他許許多多未曾完成的手稿，他的飛行器，他的降落傘，他的潛水船，他的理想城市的規畫，他跨越水流的大橋，那些夢想，在他手稿中一一完成了，在現實

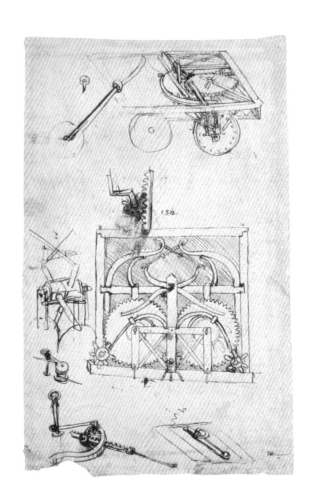

（上）
自動機械設計圖
約1493年
鋼筆與墨水
21×15公分
米蘭，安布羅西安那圖書館藏

（下）
自動機械模型
依照1493年的草圖做成
二十世紀

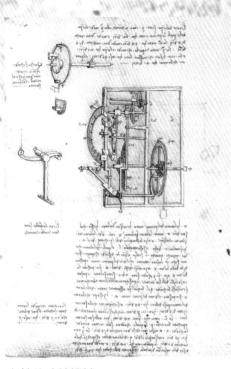

有鈴的時鐘機械
約1495～98年
鋼筆與墨水
馬德里，國家圖書館藏

時間機器中的彈簧傳動裝置草圖
約1495～98年
鋼筆與墨水
21×15公分
馬德里，國家圖書館藏

世界，可能因為太前衛，不能被當時接受；可能經費不足，沒有執行的人力……種種原因，使他的創造在此後的五百年，在各個領域，成為啟發人類科學、醫學、流體力學、飛行理論、人體解剖、植物圖鑑、機械工程、建築、都市規畫……各個方面最重要的基礎知識。

他的許多失敗的實驗，使此後的人類在各個領域獲得了成功。

神祕的領域

經由達文西許多手稿，我們常常會獲致一種結論：達文西是一個理性的人。

也許罷，在他探索宇宙一切的未知世界時，他首先是以科學論證的分析進入對現象的討論。如同他把沙放進漏斗中，觀察漏斗上的刻度，用來計算時間；如同他用水流過管子的刻度標尺的方法計算時間；如同他最後發明了用齒輪旋轉帶動的計時器。科學精準

的計時器被發明了，我們有了計算時間的科學方法，但是，在達文西的思維終點，似乎仍然懸疑著一個未曾被解答的問題：時間是什麼？

科學的時間，哲學的時間，是多麼不同的兩種命題。

科學的時間和計量，似乎絲毫沒有幫助哲學上時間命題的解答。

因此，達文西的科學領域之外存在著一個更遼闊、更無限的神祕領域。

他發呆般出神地看著一滴水掉落水面，看到一滴水的重量如何在平靜的水面上震盪出一圈一圈的波紋。波紋有規律地向外擴散，他想到聲音；他相信聲音也是一種波，向外擴張，甚至可以比水波傳得更遠。

他也凝視著一枝蠟燭的火焰，專注地思維光傳布到整個空間的速度。他相信，光的速度可能比聲波更快。

在他的時代，有關聲音和光的科學都還沒有開始，他對聲音和光的探討，幾乎不是一種科學，而是

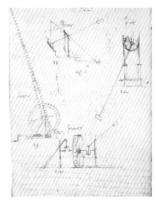

（左）
自旋機器設計圖
約1495年
鋼筆與墨水
28.6×41.5公分
米蘭，安布羅西安那圖書館藏

（右）
攻城梯設計圖（細部）
約1505年
鋼筆與墨水
倫敦，維多利亞與阿伯特博物館藏

一種詩、一種美學。他使自己沉浸在聲音、水波、光的氛圍中，不是思考，而是使自己幻化成：聲音、水波、光，使自己的身體感覺到宇宙一切存在事物最神祕的核心。

他使物理學如同「詩」一般迷人，可以被感悟，卻無法論證。

一四九九年，他離開了米蘭，回到佛羅倫斯，認識了政治理論的著名學者馬基弗利，他得到了賞識，為殘暴的君王凱薩·布喬亞（Cesar Borgia）擔任軍事工程師的工作。他因此繪製了軍事的地圖、設計了碉堡，設計了自動發射箭弩的武器，設計了大砲，設計了有旋轉鐮刀的戰車。

這些武器和軍事設施大部分仍然被認為不實用，停留在手稿的階段。

他經由威尼斯回佛羅倫斯，為威尼斯人設計了抵抗土耳其人攻擊的船艦，精細地研究了在水中潛艦的各種功能，而這時，似乎他對戰爭極其沮喪，他不願意公開這些驚人的發明，擔心這些科學的設計一旦為邪惡者利用，將在海底屠殺生命。

達文西更沉浸於自己的神祕領域，他在這一段時間也畫了最多傳世的名作，如：「卷紗聖母像」、「聖安妮像」，以及最著名的「蒙娜麗莎」。

在科學的探究之後，他似乎感覺到「美」是一個更大的領域。就像通過一次一次的科學的解剖，他並沒有在人體中找到被稱作「靈魂」的東西。「靈魂」在哪兒？他在巨大的幻滅中回到美的領域，試圖把理性分析切割過的肢體重新整合。「美」並不是科學，「美」存在於心靈最神祕的核心。美不是一種肌肉，但美是一種微笑。

傳動裝置模型
根據1497～1500年的草圖所作
二十世紀

攻城梯模型
根據1505年草圖所作
二十世紀

（上）
**聖母、聖子、
聖安妮與施洗約翰**
伯靈頓學院大型草圖
約作於1499至1500年
薄紙板上黑色粉筆與鉛白顏料
141.3×104公分
倫敦，國家美術館藏

（下）
蒙娜麗莎
創作於1503至1507年
木板上油彩
巴黎，羅浮宮藏

微笑的開示

一五〇〇年，回到佛羅倫斯的達文西，四十八歲，開始著手「聖安妮」的素描。這件素描目前保存在英國的國家畫廊，也許比他許多油畫的作品還要迷人。

這是一幅一再修改的素描，柔和的光影，單色系色彩的層次，一種神祕的氣氛，使整件作品置身在一種難以確定的朦朧中。他使視覺和複雜的心理因素相

揉合。使視覺遠以超過了科學的理性與邏輯。使視覺彷彿混合著薄薄的淚水的光，視覺如水波混漾了起來。我們看到的，不再是形象，而是記憶，是久遠遺忘在內心底層的許多記憶，忽然被輕輕呼喚了起來。

「聖安妮」其實延續了他早先的「岩窟聖母」。他在畫面中以四個人互相交錯凝視。聖安妮、聖母、耶穌與施洗約翰。在《聖經》故事中以後各有宿命的四個人物，在悲痛的宿命來臨之前，似乎暫時有著一片寧靜祥和。嬰兒的施洗約翰向耶穌禮拜，嬰兒的耶穌舉手施以祝福，祂們都還是嬰兒，天真爛漫，然而宿命的悲劇已如此凝重。聖安妮與聖母無限慈藹地看著嬰兒，她們知道宿命，她們也不抗拒宿命。聖安妮一手指向上天，達文西永遠指向神祕領域的手勢再次出現：臉上如輕霧般（Sfumato）淡淡的不可思議的微笑，彷彿一切領悟與啟示盡在這微笑中，只顯現給心裡的默契。不是文字，不是語言，甚至不是形象，只是一種心靈的狀態。達文西要借這樣的微笑宣告「美」，宣告在巨大的幻滅之後真正信仰的力量罷。

這樣的微笑，在稍後的一五〇三年到一五〇七年，當他創作「蒙娜麗莎」時再次出現。

「蒙娜麗莎」是貴族吉奧孔達（Gioconda）的第三任妻子，名字是「瑪丹娜・伊利莎白塔」（Madonna Elisabetta）。許多傳說附會在這件舉世聞名的畫作上，關於達文西如何使音樂帶動她臉部的微笑，關於畫中女子失去孩子的哀傷如何掩蓋在微笑之下，關於達文西如何處理她身上每一個衣服的皺褶，關於她柔和的手如何透露著懷孕的訊息，關於從小失去母親的達文

西如何將女性的美理想化到了極致，關於「蒙娜麗莎」是不是達文西自己的自畫像，或另一名他表愛的美貌男子……。

掩蓋在「蒙娜麗莎」的微笑下，只是世人對「美」驚慌的掩飾罷。我們或許極不習慣如此寧靜自在的「美」，「美」使我們手足無措。我們試圖用各種破解的方法使自己在「美」的面前有理論的依據。

然而，美是不需要論證的。

在經過最縝密的科學論證之後，達文西似乎更相信：「美」是一種直覺，但只顯現給心地單純的人。

「蒙娜麗莎」和「聖安妮」一樣是達文西以微笑開示的兩件傑作，他反璞歸真，使觀畫者可以看到自己生命的自在與寧靜，寬和與悲憫。

「蒙娜麗莎」以微笑看著千千萬萬到她面前的觀眾，從含著淚水的敬拜，到最不屑一顧的鄙視者，對「她」而言，卻只是一清如水而已罷。

畫家在五十三歲有了這樣的領悟。

這張畫一直留在他身邊，他說：因為還沒有畫完。

要到許多年後這張畫才去了法國。

達文西與米開朗基羅

一四七五年誕生在佛羅倫斯的米開朗基羅，比達文西小二十三歲。這兩位文藝復興時代的偉大天才，應該在這個當時人口不超過十萬的城市有許多相遇的機會。但是，其間達文西在米蘭居住了十八年，等他五十歲以後回到佛羅倫斯，才有機會與當時大約三十歲的米開朗基羅在一起工作。

他們同時受佛羅倫斯市政廳的委託，在牆壁上繪畫戰役圖，達文西創作以米蘭與佛羅倫斯戰役為背景的「昂加里之役」，米開朗基羅在牆壁另一端畫「卡西納之役」。

也許應該是歷史性的相遇罷。

但是，兩人相處並不愉快。

達文西身上有許多從小培養起來的優雅，講究穿著，談吐舉止含蓄內歛，身邊總是圍繞著俊美的青年男子；而米開朗基羅則脾氣暴烈，從小鼻梁折損，相貌黑瘦。達文西有著科學家與哲學家的冷靜沉著，米開朗基羅則是浪漫詩人的狂烈激情。達文西追求著頗為享樂的甚至肉慾的滿足，米開朗基羅對貴族男子的愛幾乎昇華成為純精神的美學，他的詩作及情書集都成為情慾轉化的作品。

達文西對面前的青年天才總是彬彬有禮，善意相待；米開朗基羅則對大他二十歲的達文西怒目相向，嘲笑他不能完成的許多空想。

他們兩人在各自的生命領域中都是巍峨的大山，崢嶸廣大，他們似乎也無法忍受阻擋自己面前另一座大山的壓力。

在同一個市政大廳中短短的共同工作很快終結了，兩人都留下未完成的「戰役圖」，各自奔赴其他的工作領域。

這短短的天才式的相遇，彷彿遺憾，彷彿誤解，

施洗約翰
約作於1513至1516年
木板上油彩
69.2×57.2公分
巴黎，羅浮宮藏

彷彿某種宿命的交錯，使如此不同的生命型態相遇，卻未必能夠彼此了解。也許對兩方面來說，生命都還有太多未知的空白，眾人仰望的巨大心靈，在另一方面來看，卻只是巨大的孤獨與巨大的寂寞之情罷。

最後的歲月

達文西晚期的畫作非常少，也經常被忽視。但是有兩件作品是值得提出來討論的。

一件是「麗達與天鵝」。

麗達是斯巴達的王后，因為貌美，引起萬神之神的宙斯傾慕，宙斯化身為天鵝，與麗達交媾。

達文西幾乎是唯一的一次處理女性裸體，女性胴體與蜿蜒的天鵝曲線頸脖緊貼糾纏，使原來希臘神話中隱含人獸交媾的故事更加重了情慾感官的渲染。

將近六十歲的達文西，躲在米蘭的墓穴中解剖屍體，在解剖刀下，他看到的「人」是一堆物質：毛髮、器官、皮膚、骨骼……。這些「物質」如何使他在繪畫時更強烈地追求著官能的悸動。彷彿他要借著那些古老神話中非常原始的情慾描述，對抗著人支解成一堆物質的懼怖與沮喪罷。

在科學上，達文西以無限的懷疑透視物理的規則，然而，在美學的領域，他又如此渴望信仰、渴望一種單純的愛或體溫。

他試圖以繪畫顛覆神話或宗教的隱喻。

除了「麗達與天鵝」之外，另一件值得注意的是「施洗約翰」。這一件現藏羅浮宮的作品，呈現著非常令人不解的神祕性。「施洗約翰」依照《聖經》的解釋是居住在曠野的先知，骨瘦如柴，披著獸皮，表情剛毅，是一苦修的僧侶。達文西似乎有意顛覆傳統宗教「施洗約翰」的形貌。他使「施洗約翰」身體豐盈如女性，肉感逸樂，臉上帶著詭異神祕的笑容，一手指向上天，充滿隱喻暗示。達文西使基督教的聖者「約翰」交錯著希臘異教類似酒神的慾樂表情。

這件晚年的作品也許透露著達文西多重矛盾的複雜世界罷。男性←→女性，苦修←→逸樂，昇華←→墮落，聖潔←→沉淪，老年←→青春，誕生←→死亡，忠實←→背叛，喜悅←→憂傷，愛←→恨；達文西最後看到的也許是一個兩面而一體的世界，在現世中對立而且矛盾的兩端，似乎在他理念的世界都可以統合起來了。

如同他研究著人類的飛行可能，試圖把鳥的飛翔轉化成人造的翅翼，實現飛行的夢想，而同時，他也設計了降落傘。在使人類飛起來的同時，他也思考著人類的墜落。他似乎不只是一位科學家，他在精密的科學領域關心著哲學的本質命題。

面對達文西老年時的自畫像，也許可以約略想見他在生命的終點前凝視自己生命的冷靜與堅定罷。

書寫他傳記的瓦薩里說：「他臉上的美，使哀傷者得以平靜。」

是什麼力量可以使「哀傷者平靜」呢？

達文西的晚年，身體衰弱，一五一四年他接受教皇利奧十世的邀請到羅馬，心臟病發作，右臂癱瘓。他身體病痛之時，他仍專注於觀察「水」，他把種籽丟在水中，試圖了解水的流向和速度，他又在兩條交會

的水流中加入顏色，了解水流運動與融合的關係，他
發現水流的力量非常像血液的循環，他也許想到了自
己衰弱的心臟，他幻想著：「心臟的血液漲退，如海
洋的潮汐。」

　　他仍然堅持科學可以是一種詩意的美學。

　　一五一七年六十五歲的達文西受法國國王法蘭西
斯一世的邀請到法國，準備為這個胸懷大志的國王設
計一個理想的城市。他把年輕時為米蘭設計的城市藍
圖拿出來修改，但越來越沉重的疾病已使他無力工
作。

　　一五一八年，住在安布瓦茲的達文西病重垂危，
熬過這個艱難的冬天，四月二十三日他寫好了遺囑，
五月二日逝世。

　　傳記作家誇張地描述他死於國王法蘭西斯一世的
手臂中，事實上，是他二十七歲的弟子梅爾濟
（Francesco Malzi）伴隨他度過最後的時刻。

　　他在遺囑中寫道：「一日充實，可以安睡；一生
充實，可以無憾。」

自畫像 1516年　15.2×21.3公分

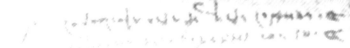

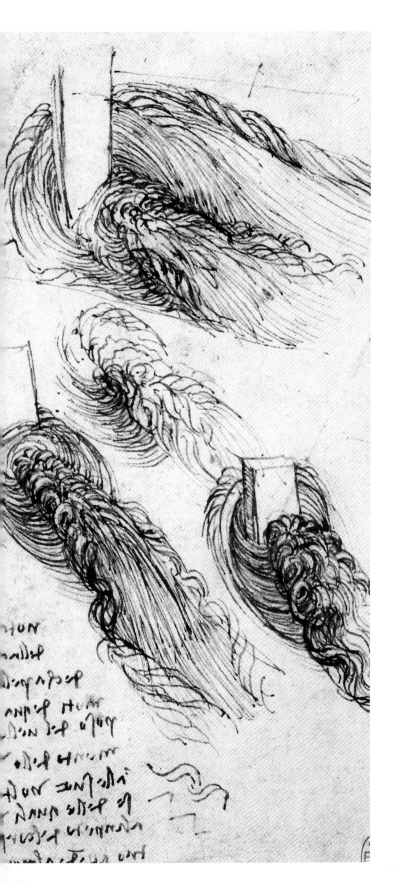

漩渦與沉思老人素描
約1513年
鋼筆與墨水
15.2×21.3公分
溫莎，皇家圖書館藏

達文西一生不斷思考水，水的重量，水的體積，水的流速，他在兩股水裡放進不同的顏色，觀察它們匯合時的狀況。他觀察水、思考水，做了許多有關「水」的手稿紀錄，最後運用在橋梁、堤防、水壩的建造上，成為流體力學之父。

第三部
Cracking
破　解

（右頁）達文西最後一件作品裡，「施洗約翰」有一個指向空中的手勢。一個手勢，停在空中，像一個解不開的密碼，五百年來大家都嘗試解讀。

耶穌基督受洗圖
一四七二～七三

讓老師不敢再畫畫的學生

達文西十七歲時到翡冷翠，進入畫家維洛及歐的工作室做學徒。學徒的工作是幫助老師調顏料、製作畫板、洗筆，也做石雕或鑄銅的助手。

一四七二年，達文西二十歲的時候，他的老師維洛及歐畫了這張「耶穌基督受洗圖」，並要求達文西在畫面左下角添加兩名天使。這兩名天使就成了達文西傳世最早的繪畫作品。

「耶穌基督受洗圖」是基督教藝術史上常見的題材之一。

依據《聖經》記載，比耶穌年長的「施洗約翰」（St. John the Baptist），苦修傳道，在約旦河邊用河水為人洗禮。信徒受洗，表示洗淨罪惡。

有一天，耶穌也來到河邊，要求受洗。

施洗約翰看著耶穌，說：「祢在天國是比我大的。」

耶穌回答：「我的時間還沒有來臨。」

約翰就遵照儀式，舀起河水，從耶穌頭上淋下，為耶穌施洗禮。

這時，**天空出現了上帝的手，也出現了代表聖靈的鴿子。**

耶穌在聖靈的光籠罩下，雙手合掌，低頭祈禱。下身圍了一塊條紋紅布，站立在水中，清澈的水淹過足踝。

維洛及歐畫的耶穌和手持長柄十字架的施洗約翰，代表了文藝復興早期的人體風格，身體輪廓比較僵直，有一點像雕像。

達文西在左下角畫的兩名天使，像俊美的青少年，煥發著精神上的典雅優美，開創了文藝復興全盛時代人物畫的新風格。

兩名天使，一名正面，雙手交握胸前。另一名背面，頭部轉向右邊，臉孔朝上，呼應著右上角的施洗約翰，使畫面出現對角線的平衡結構。

天使的藍色衣袍，處理出非常細緻的光影，轉折的衣紋下，表現出背部、腰帶、臀部、大腿、膝蓋內彎，以及小腿的身體變化，是最早把衣紋光影與人體解剖結合得如此完美的作品。

天使的金色鬈髮輕輕飄揚，悠遠望向不可知處的夢幻般的眼神，增加了畫面宗教的神秘感與莊嚴感。

達文西初試啼聲，一鳴驚人，使老師維洛及歐自嘆弗如，民間因此傳說，維洛及歐從此再也不畫畫了，表示達文西已經「青出於藍，更勝於藍」！

達文西與維洛及歐「耶穌基督受洗」 約1472~73年 油彩與蛋彩在木板上 176.9×151.2公分 佛羅倫斯・烏菲茲美術館藏

施洗約翰為耶穌施洗禮。水從耶穌頭上灑下，天空出現了上帝的手，出現了代表「聖靈」的白色鴿子。

青年達文西在老師維洛及歐的「耶穌基督受洗圖」裡畫了兩名天使，青出於藍，據說，維洛及歐因此再也不畫畫了。

天使報喜圖
一四七五

天使告知聖母瑪利亞以聖靈受孕

　　「天使報喜圖」是基督教最重要的傳統圖像之一。在西方文字中常以大寫字母開頭寫成「Annunciation」。有人翻譯成「受胎告知」或「聖靈受孕」。

　　根據《聖經》的記載，人類始祖亞當與夏娃偷吃了禁果，犯了原罪，被逐出伊甸園。他們的子孫也都世世代代會承襲始祖原罪。

　　基督教因此有「洗禮」（Baptism）儀式，用水清洗原罪。

　　但是「原罪」太重，水清洗不乾淨，上帝因此派遣他

的獨子耶穌降生人間，以釘十字架的血為人類贖罪。

　　耶穌降生人間，要借聖母瑪利亞的處女之身。

　　據《聖經》記載，瑪利亞已經結了婚，但是沒有與丈夫約瑟同房，沒有性的關係，仍然保有「處女」之身。

　　上帝選中了瑪利亞，派遣天使長加百列前去告知，要借瑪利亞的身體，以聖靈受孕懷胎，誕生耶穌。

　　瑪利亞坐在椅子上，右手向前，似乎正在翻閱經書。她的左手微微向後，彷彿被突然出現的天使嚇到，有一點吃驚。

　　聖母的灰藍色袍子從雙膝延伸到地面，光影的轉折，產生非常強的立體感。

傳為達文西所作「**天使報喜圖**」約1475年　木板上油彩與蛋彩　98.4×217.2公分　佛羅倫斯‧烏菲茲美術館藏

　　據說，達文西為了研究衣紋光影，把布匹浸泡在稀釋的石膏水中，趁柔軟時，摺疊出衣紋，等石膏水乾透了，衣紋固定，他就一次一次以素描練習光影的凹凸轉折。

　　左邊是天使長加百利，背後有雙翅，跪在地上，左手拿著一枝百合花，象徵「聖處女」的純潔，右手前伸，向聖母告知受孕。

　　天使和聖母之間，以花圃隔開，形成一層一層推向遠方的空間透視，景深拉得非常遠，一直到最遠方的海和山，彷彿籠罩在一片迷濛霧氣中，是達文西創造的獨特表現遠影的畫法，被稱為「霧狀透視法」。

　　前景中央是一張精細雕花的桌子，桌子，以及建築物牆面石砌的結構，都以精準的數字算出遠近比例，幫助畫面伸向極遠方的景深空間。

　　達文西精通數學、幾何學，以科學的方法營造視覺的遠近空間，但他的「霧狀透視法」，在科學的極限之外，留給視覺更多近於「詩意」的雲煙蒼茫，其實更近於東方的山水畫，凝視這張畫裡的遠山，恍惚間像是面對中國宋代十二世紀的水墨山水，比達文西早三百年的郭熙「早春圖」的美學突然在西方有了知音。

為了研究衣紋，達文西把布匹浸泡在稀釋的石膏水中，摺疊出衣紋，乾了以後，用來觀察光影，使人體的衣紋產生立體效果。

天使出現，宣告瑪利亞將受孕懷胎，瑪利亞有一點錯愕，但不失聖母的端莊優雅。

達文西以油畫的「霧狀透視法」渲染背景遠山的朦朧，非常類似中國宋元水墨畫的山水技法。

破解達文西密碼 Cracking the Da Vinci Code with Chiang hsun **57**

聖傑若像

一四八一

用石頭擊打自己苦修的男人

西元一四八一年，達文西二十九歲，計劃創作「聖傑若像」。

聖傑若是基督教重要的聖徒，傳說祂居在荒僻的曠野，譯注經書，虔誠修道，過著隱士的生活，與世隔絕。

聖傑若修道的方法是一種苦行，祂每天手拿堅硬的石塊，用力擊打自己的肉體，試圖借著身體的痛使心靈淨化，可以擺脫慾望的糾纏。

東方與西方都有苦修的教派，借著肉體的痛苦，轉移精神上更難承受的負擔。

西方美術的圖像上，聖傑若常常被描繪成一名老人，赤身露體，孤獨處於荒野之中，腳下臥著一頭獅子。

獅子或許隱喻聖傑若置身蠻荒的環境，但也有人認為是暗喻聖傑若修道的感召，連凶猛的野獸都馴服地守在祂身旁。

聖傑若的主題在西方美術上常常見到，但達文西感到興趣的，或許不只是傳統宗教故事裡的聖傑若，當他處理這張畫時，很顯然，他花了很多心血去了解：**一個老年男子頸脖和肩膀的肌肉結構，他透過科學的解剖，試圖一步一步實驗，當右手拿著石塊，手臂張開，這時頸脖到肩膀、肩膀到手臂，究竟會引發了那些筋骨、關節、肌肉的牽動變化，甚至，從鎖骨、胸部肌肉、肋條的變化，也都一一被他做了最精細的研究。**

以油彩和蛋彩在木板上畫的這張「聖傑若像」似乎並沒有完成。

達文西常常借一張畫研究一個主題，他沉迷在細節的研究過程中，常常忘了最後的「完成」。

一直到西元一五一〇年，大約三十年後，我們在達文西的手稿中還發現了他對一個老年男子舉起右臂的解剖素描，素描紙上密密麻麻都是解剖學的筆記。

達文西不只是在畫畫，他傳世的繪畫作品不超過十二張。他似乎只是借繪畫來了解他充滿好奇的人的身體、空間、時間、宇宙一切存在的奧祕。

他的繪畫作品不多，他的繪畫作品也很多沒有「完成」，但是，他持續一生不曾中斷的手稿，上面記錄著所有他探索生命的過程，或許才是達文西留給人類最彌足珍貴的財富。

（右頁）為了研究「聖傑若」右手拿石頭擊打身體，達文西持續解剖男人的頸部、肩胛、鎖骨及肩膀的骨骼肌肉，原作沒有完成，卻留下了許多解剖學手稿。

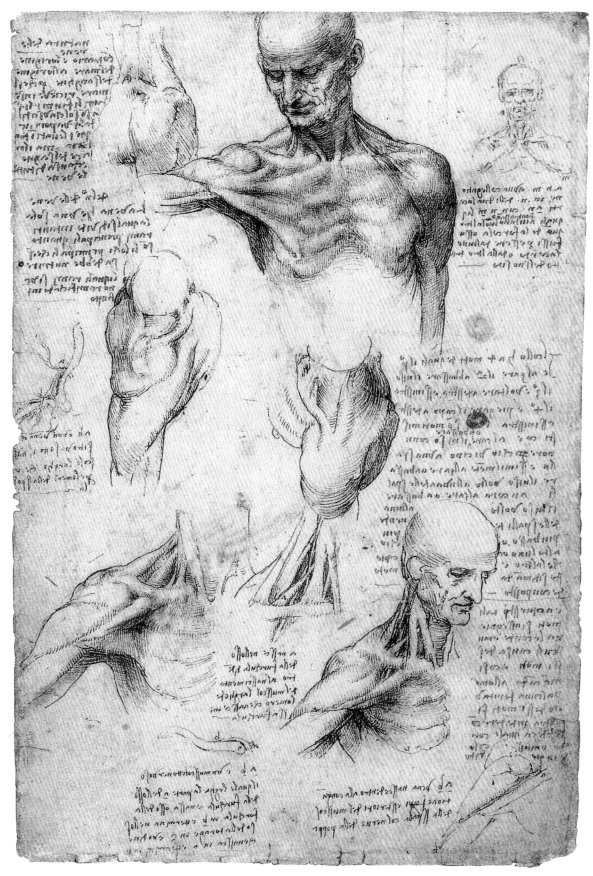

頸項與肩膀肌肉解剖研究 約1510年　鋼筆與褐色墨水　29×20公分　溫莎・皇家圖書館藏

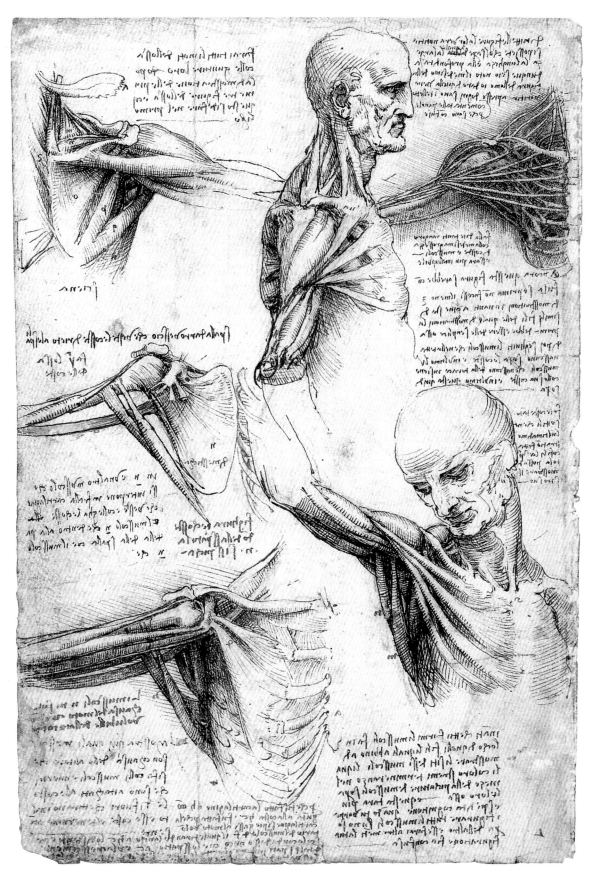

頸項與肩膀肌肉解剖研究 約1510年　鋼筆與褐色墨水　29×20公分　溫莎・皇家圖書館藏

東方三賢士的朝拜
一四八一

達文西自畫像隱藏畫中

依據《聖經》的記載，耶穌誕生的時候，伯利恆的天空出現了一顆明亮的星。在東方有三位知識廣博、人品道德受人尊敬的賢士，他們看見了星，知道為人類贖罪的救世主已經來到人間，他們就相約，帶著黃金、麝香、沒藥等珍貴禮品，從東方啟程，來到伯利恆，朝拜聖嬰耶穌。

「東方三賢士的朝拜」在英文中是「Adoration of the Magi」，「Magi」指的是古老文化裡有知識，有人品的「賢者」，但也有人翻譯成「博士來朝」，或「三王來朝」。

「東方三賢士的朝拜」在文藝復興時代是歐洲美術史上特別盛行的題材。主要是因為一四○○年左右，歐洲的商人中產階級崛起，他們做生意致富，常常把錢捐給教會，成為推動社會慈善工作或文化事業的重要贊助者，教會就常把他們比喻為古代以財物奉獻給基督的「Magi」。

例如：翡冷翠著名的銀行家梅迪奇家族就曾經仿照「東方三賢士的朝拜」，把自己畫在耶穌和聖母面前。

這件作品接近二百六十五公分正方，是達文西早年構圖企圖心最大的一件作品。

達文西在畫面中央安排了傳統題材的聖母和聖嬰。聖嬰耶穌伸出左手，正在接受跪在地上一位賢士的奉獻。其他兩位賢士則跪在畫面左下角。

聖母聖嬰四周環繞著許多人，還有人騎著馬趕來，彷彿要一睹聖嬰的神采，蒙受神恩。

人物的表情各異，有人低頭敬拜，有人懷著好奇的眼神打探，有人臉上充滿驚訝，有人低頭沉思。

達文西以環繞四周的各種人的表情動作，襯托出中央聖母和聖嬰主題的崇高莊嚴。

在這一群人中，站在最右側的一位俊美的年輕人，轉頭看著畫面外，和所有人的視線相反，他的焦點不在聖嬰身上，卻似乎另有其他的關心。這個俊美的男子，許多學者認為是達文西二十九歲青年時代的自畫像。

當時的畫家都有把自己畫在畫面一角的習慣，只是達文西在這裡的出現，有點置身事外，他好像不願投身在世俗的熱鬧中，他彷彿想孤獨的離去，他彷彿聽到了什麼神祕的聲音在召喚他，他畫的自畫像，不只是他的形貌，也是他內在深處的心靈狀態吧！

這張大畫的後方有兩座樓梯，與繪畫主題無關，卻是達文西實驗透視法（Perspective）的刻意安排，兩座樓梯等長等高，卻因為遠近，形成不同比例的空間層次。

東方三賢士的朝拜 作於1481年　木板上油彩　246.7×243.5公分　佛羅倫斯‧烏菲茲美術館藏

達文西二十九歲，站在自己作品的邊緣，凝視著畫的外面，他，俊美、年輕，他似乎在看著自己生命的未來。

「東方三賢士的朝拜」也是未完成的作品，但是為了解決兩重樓梯和拱門的空間景深，達文西做了許多有關三度空間透視圖的手稿。

抱貂的女子
一四八三

公爵的情婦加勒蘭妮

　　三十歲，達文西到米蘭，在米蘭住了十八年，為史佛薩公爵工作，設計武器，設計城堡、堤防、水壩等土木設施，也設計樂器，或宴會時的煙火。這一段時間他認識了公爵最寵愛的一位情婦加勒蘭妮，為她畫了這張精彩絕倫的「肖像畫」。

　　歐洲美術史，文藝復興以前，大多的人物畫幾乎都是基督教聖人或聖徒。現實人物的「肖像畫」，起源比較晚。

　　文藝復興的畫家，從「神」的關心，轉變到表現現實生活中的「人」，是美術史的重大轉折。

　　達文西面對著一個美麗女子，她不是「神」，是人間的「凡人」，但是，她如此美麗、典雅、雍容，煥發出如同「神」一般的光。

　　達文西以一張肖像畫留下了整個時代的人文精神，彷彿時間靜止在這女子淡淡的笑容中，永遠不再消逝。

　　這個女子如此美，美到使人凝視，使人捨不得轉移視線。美是一種不可解的著迷，好像到了理性無法分析的狀態。

　　達文西是同性戀，他一生交往的性或愛的對象都是男性，但是他卻畫出了歷史上最美的女性。

　　加勒蘭妮懷抱著一頭馴順的白貂，「貂」是史佛薩家族的徽幟，「貂」也是仁慈之獸，象徵柔順慈祥，或許有多重隱喻。

　　加勒蘭妮微微轉頭，朝向遠方，好像眺望到生命的另一端。她如此青春、美貌，榮華寶貴，又倍受寵愛，然而，**她望向生命的另一端會是什麼？**

　　達文西使加勒蘭妮浮在暗黑的背景中，像一個華美又感傷的夢。

　　在現實世界裡，達文西始終沒有女性的緣分。

　　他是私生子，親生母親被隔離，幾位繼母與他的關係都不好。

　　童年時母親的缺席，卻使達文西一直試圖在藝術創作裡完成夢想中最美麗、和善、慈藹的女性，加勒蘭妮如此，以後的「蒙娜麗莎」也如此。

　　美，竟是現實之外的另一種救贖和補償嗎？

　　但是，這張畫裡，**加勒蘭妮的右手，顯然和臉部的美不同，這隻手巨大、緊張、焦慮，甚至帶著令人恐懼的殺機，這隻手透露了達文西潛意識中與女性的不和諧關係嗎？**達文西的畫，不只是藝術傑作，也成為心理學家爭相分析解讀的對象。

（右頁）**抱貂的女子**，
又名「西西麗亞・加勒蘭妮」
作於1483至1490年
木板上油彩
56.2×40.3公分
克拉考，查托里斯基博物館藏

一名美麗的女子，懷抱著白貂，她應該馴順溫柔的手，卻透露著不可解的冷酷的殺機，達文西借著這一隻手隱喻著生命底層的焦慮或不安嗎？

加勒蘭妮，大約十六歲吧，美到如煙如霧，轉頭微笑，看著遠方，彷彿領悟了什麼，卻不發一語。

岩窟聖母
一四八三

岩窟聖母
作於1483至1485年
帆布上油彩（原本是在木板上）
198.1×123.2公分
巴黎，羅浮宮藏

聖母、聖嬰、施洗約翰、天使

　　達文西畫的「岩窟聖母」有兩幅，一幅在巴黎羅浮宮，一幅在倫敦的國家畫廊。兩幅畫的主題相同，人物的位置也大致類似，只有小部分的修正，比較兩幅畫的異同，也許是一種特殊的經驗。

　　畫家重複處理同一主題，出現多幅作品的情形並不少見。有時是因為業主不滿意，要求重畫；有時也可能畫家自己覺得需要修正，或用不同角度再處理一次。

　　達文西在繪畫創作上關心的並不是「完成度」，往往反而更強調思考的過程。他在同一主題上反覆推敲、探索、修改的過程，也往往比一般畫家更複雜。

　　「岩窟聖母」是他盛年時代最關切的主題，嬰兒時代的耶穌和施洗約翰，也數次出現在他的創作中。

　　西洋美術史中，處理耶穌嬰兒時的「聖嬰」主題的畫很多，但是處理施洗約翰為嬰兒狀態的畫很少，達文西為什麼數次處理施洗約翰的嬰兒圖像？達文西最後一張畫也是在處理施洗約翰，而且處理的形式大異常態，達文西對施洗約翰為什麼情有獨鍾？施洗約翰對達文西有特別隱喻的意義嗎？

　　在上面這張充滿「謎語」的岩窟聖母中，**天使臉上透露著神祕的笑容。祂用手指著一個嬰**

岩窟聖母
分作於1495至1499年，以及1506至1508年
帆布上油彩（原本是在木板上）
189.5×120公分
倫敦，國家畫廊藏

兒，這個嬰兒是耶穌嗎？以祂所在的位置，被聖母右手護衛著，祂應該是耶穌。但是，祂跪在地上，雙手交握，朝拜另一位嬰兒，這個姿勢，顯然表示祂是施洗約翰，天使旁邊的那位聖嬰才是耶穌。耶穌伸出兩隻手指，正在向施洗約翰祝聖。

在左邊這幅「岩窟聖母」中，施洗約翰手中加了一個長柄十字架，祂的角色就明顯多了，而天使也不再伸出手指，減少了畫面的神祕感。

達文西顯然在這幅「岩窟聖母」中置放了更多隱喻和暗示，增強了畫面猜謎般的層次趣味。

「岩窟聖母」把四個人物放置在荒野中，地面上花草的處理非常精細，每一株草葉上似乎都反射著夕陽金黃色的光，聖母腰帶的金黃色也像絢爛卻又充滿感傷的黃昏的光。

畫面後方的山水背景更是西方繪畫中少見的幽深神祕風景，霧狀透視一直伸向不可知的視覺極限，好像宇宙空洞的回聲，一陣一陣在畫中盪開。

達文西顯然在「岩窟聖母」中隱藏了他的心事，他希望有人可以解讀他的心事，但可惜，所有的「解讀」都還無法真正破解他的密碼。

嬰兒的施洗約翰朝拜耶穌。

婴兒的耶穌向施洗約翰祝聖，
祂們都有走向殉道之路的漫長苦修。

73

「岩窟聖母」背景的山水荒涼、悠遠而神祕，達文西把《聖經》故事的人物放進這樣的山水，是為了襯托修道者內心風景的寂寞與孤獨嗎？

施洗約翰的悲劇

「岩窟聖母」兩次處理了《聖經》裡「施洗約翰」這個人物。

「施洗約翰」是誰？

依據《聖經》，施洗約翰比耶穌早出生，祂長大以後，居住在曠野中，以蜂蜜為食物，身上披著駱駝毛的外衣。因為苦修禁慾，西方的繪畫裡常把祂畫成瘦骨嶙峋的樣子。

祂以約旦河的水為信徒施洗，宣告天國將要來臨，也為耶穌施了洗禮，因此被稱為「施洗約翰」。

施洗約翰在西方文學與美術史上最有名的一段故事是「莎樂美」的一段。莎樂美是一名美貌女子，她的母親是希律王的情婦，因為貌美，又善於舞蹈，希律王便渴求她跳一次舞，莎樂美不知為了什麼緣故，要求以施洗約翰的頭，做為跳舞的報酬。希律王答應了，在莎樂美跳完舞之後，砍下了施洗約翰的頭，盛在銀盤中，送給莎樂美。

莎樂美的故事在十九世紀盛行於歐洲，著名的畫家像摩侯（Gustave Moreau），或文學家王爾德（Oscar Wilde）都處理過這個題材。

淫慾、禁忌、愛與恨、俗世愛情與苦修殉道，施洗約翰的故事裡夾雜著許多複雜的隱喻，達文西是因為這個原因，一次又一次重複繪畫施洗約翰的形象嗎？

施洗約翰在「岩窟聖母」裡只是個嬰兒，祂似乎對自己未來一生的苦修、殉道、禁慾，甚至詭異的死亡，都還一無所知。

一無所知是達文西認為生命的最大悲劇嗎？

彷彿我們活在一個不可知的宿命中，而宿命的每一步都已注定。

So dark the

Madonna o

┃ Dan Brown密碼

Dan Brown如何解讀「岩窟聖母」

　　Dan Brown的通俗暢銷小說《達文西密碼》對「岩窟聖母」非常感興趣。

　　Dan Brown用變位字的遊戲把「岩窟聖母」的英文名字「Madonna of the Rocks」，轉換成「男人騙局如此陰暗」（So dark the con of Man）。

　　小說中把關鍵的一把鑰匙藏在羅浮宮的「岩窟聖母」這張畫背後。

　　第三十二章，Dan Brown發表了他對「岩窟聖母」這張畫的解讀，認為這幅畫受米蘭「純淨受孕協會」委託，達文西特別為聖方濟會教堂的祭壇畫所創作。

　　Dan Brown特別解讀這幅畫中大天使的「手」像一把刀（上圖），而聖母如鷹爪一般的手指捉著一個隱形的人頭（下圖）。

　　暢銷小說成功地造成了懸疑，也造成了聳動，但是，其實並沒有解答五百年來「岩窟聖母」這件傑作爭議不斷的神祕性。

　　達文西的神祕性是人性深邃的不可知狀態，任何太單一武斷的解讀可能反而簡化了達文西生命哲學的豐富性。

　　一般讀者會喜歡Dan Brown，思想深刻的讀者可能會更喜歡達文西。

聖母瑪利亞的「手」再一次透露達文西內在世界的不安定。

天使亦男亦女，呈現出不具性別的一種美。

生殖解剖圖

生殖解剖──科學沒有道德偏見

　　達文西有關解剖學的手稿非常多，包括了消化系統的解剖，包括呼吸系統的解剖，包括血液循環，包括心臟，包括腦和視神經系統。

　　如果從畫家的需要而言，達文西或許只要研究人體的骨骼與肌肉的解剖就足夠了解繪畫的問題了。

　　顯然，達文西研究解剖學，並不只是為了繪畫。

　　他更關心人體的構造，他更關心人體的奧祕。

　　他因此也解剖了女性的子宮，解剖了子宮中的胎兒。

　　他想知道生命的起源。

　　胎兒還不是起源。

　　他解剖了女性的生殖器官，他也解剖了男性的生殖器官。

　　在基督教會嚴厲的禁令下，他無視於道德禁忌，無視於宗教審判的殘酷，他解剖了男性和女性交媾時的器官。

　　他一次又一次圖繪男性勃起的陽具，描繪陽具和女性陰戶結合的狀況。五百年後仍然可能觸目驚心的圖像，達文西以科學的態度一一做了最精細的描繪與記錄，他遠遠超越了他的時代，在科學的領域，他沒有禁忌，沒有道德的偏見。

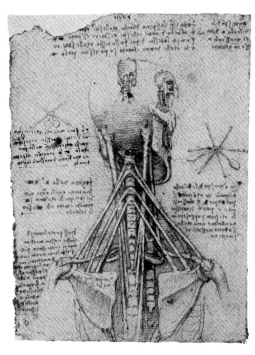

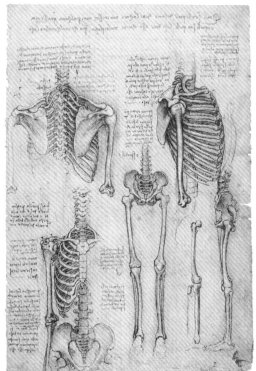

（上）
頸部肌肉解剖研究
約1510年
鋼筆與墨水，藍色紙　27.6×21公分
溫莎，皇家圖書館藏

（下）
骨骼系統解剖研究
約1510年
鋼筆與褐色墨水　29×20公分
溫莎，皇家圖書館藏

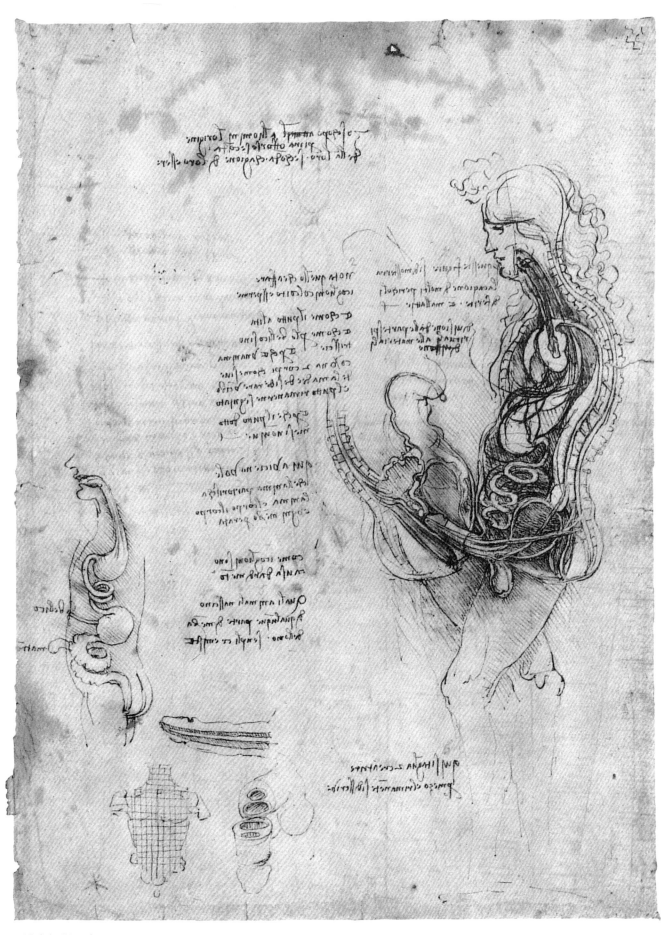

性交解剖研究 約1510年　鋼筆與墨水（十九世紀黑鉛筆編號）　27.5×20.5公分　温莎，皇家圖書館藏

達文西對生命的起源深感好奇，他的手稿中打破教會禁忌，探討性的交合。

胚胎成長解剖研究（細部）

子宮解剖

幽暗中萌芽的生命

達文西手稿中有極重要一部分在觀察、記錄、研究思考生命起源的奧祕。

當時基督教會的主流思潮宣稱：人類是上帝所造！

達文西卻通過解剖學了解人類身體複雜的構造。

他解剖懷孕時死去的婦人，他打開女性的子宮，觀察蜷縮在母胎中尚未誕生的嬰兒。

嬰兒蜷縮盤曲，纏繞著臍帶，彷彿沉睡在幽暗中的植物的種籽裡的胚胎。

達文西在子宮解剖圖的下方也圖繪了植物的種籽。他不只是關心人類的誕生，他關心一切生命的起源。他想了解，從一粒植物種籽，到人類的胎兒，生命的萌芽，有多少相似之處。

達文西的手稿，用圖繪，也用文字，一點一點揭開生命被禁閉的密碼。

人類生活在愚昧無知中，打不開生命的密碼，往往是自己對身體充滿了禁忌，對生命充滿了主觀的、先入為主的偏見。一張殘破泛黃的達文西手稿，五百年後仍然使人震動，仍然使我們反省：自己是否還存在太多禁忌、主觀、偏見。我們仍然像蜷縮在幽暗中的胚胎，等待被喚醒。

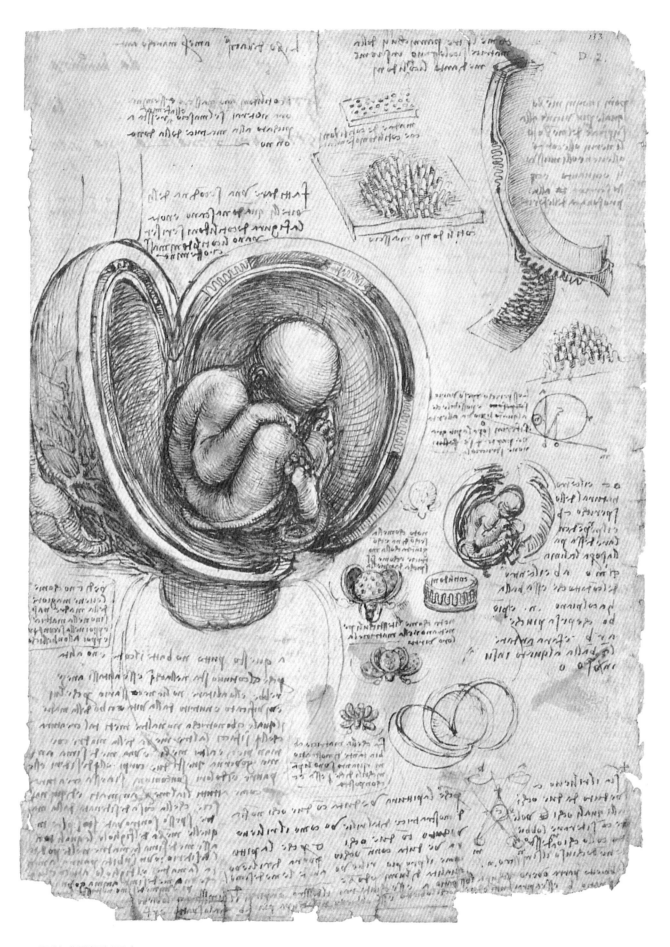

胚胎成長解剖研究 約1510～13年 鋼筆與紅色粉筆 30.1×21.3公分 温莎，皇家圖書館藏

嬰兒蜷縮在子宮中，如同植物種籽硬殼中的胚芽。

最後的晚餐

預知死亡的鉅作

如果生命預知死亡即將來臨，會有什麼樣的表情？

「最後的晚餐」是一幅預知死亡的偉大鉅作，在九○四公分長的牆壁上，圖繪了十三個表情各異的人物。

繪製這件壁畫時，達文西常常一整天徘徊在米蘭街頭，他凝視街上每一個人的臉孔。男的、女的、少年的、蒼老的、憂愁的，或喜悅的、開朗歡笑的，或面容沉重悲哀的。

這麼多不同的人的面孔，用同樣的五官元素組成，卻差異這麼大。

達文西解剖人的屍體，為了在科學上精準掌握人的物理組織。

但是，人的存在不全然只是「物理」。

達文西在解剖完三十具人體之後，在他的手稿中寫下這樣的句子：我都解剖完了，「靈魂」究竟在哪裡？

達文西似乎相信：除了物理性的存在，人類還有一個精神存在的空間。

他一定也想知道：人類物質性的肉體死亡之後，有沒有一個屬於「精神性」的存在？

那個亙古以來人類說的「靈魂」，究竟在哪裡？

最後的晚餐　約作於1495至1497年　油彩與蛋彩的混合顏料，壁畫　422×904公分　位於米蘭，聖瑪利亞感恩教堂的膳食堂

　　「最後的晚餐」原來只是基督教《聖經》傳述有關耶穌預知死亡的事件，祂在被釘上十字架以前，最後一次與十二位門徒一起晚餐。

　　達文西把宗教的主題擴大成為普遍的哲學命題。

　　達文西把每一個人邀請到「晚餐」的桌上，他要每一個人省思，死亡來臨是必然，死亡來臨時，我們會有什麼樣的反應？

　　「最後的晚餐」運用了最嚴格的透視法，使如此巨大的畫面，結構一絲不苟，牆面上向後退遠的長方形，天花板的方格，餐桌上的食物、餐具，甚至，畫面沒有被破壞以前，桌子下面耶穌的腳，每一個物件，都經過幾何學的

精密計算，放置在準確位置，構成上下左右向中央點集中的透視法的絕對構圖中。

　　在達文西以前，從來沒有畫家把數學的透視法用在如此巨大的構圖計畫裡。

　　「最後的晚餐」是一個舞台，十三個人全部坐在同一面吃飯用餐，根本不合理，只是，達文西要繪畫的已經不是一場「晚餐」，而是一個生命不可逃避的宿命主題──死亡。

　　我們都被設計在這幅鉅作中，我們不妨在裡面找一找自己。

第一組門徒

　　第一組門徒是耶穌右手邊的三位，依序是：**約翰、彼得、猶大。**

　　約翰是傳耶穌福音的四位使徒之一，祂年輕、善良，個性裡有詩人的抒情氣質，在西方美術上常被處理成帶女性溫柔的圖像。

　　約翰向耶穌的另一邊傾斜，彷彿不相信有人會背叛耶穌，呈現出他一貫的單純善良。

　　猶大右手靠在餐桌上，和約翰的身體平行，也微微向後傾斜。約翰雙手交握在前面，有一種安定祥和，猶大的左手微微張開，他其實有一點訝異，耶穌怎麼知道有人背叛了祂，猶大正是以三十個銀幣出賣耶穌的門徒。

　　彼得原來在猶大身後，聽到耶穌說：你們中間有人背叛了我。彼得便衝向前，越過了猶大，彷彿要追問：誰，是誰背叛了？

　　彼得是耶穌的大弟子，脾氣衝動，愛恨分明，耶穌最後把天國的鑰匙交付給祂，也就是第一任的梵諦岡教皇。

　　這一組人呈現三種截然不同的內心表情，借著三個人物達到畫面最戲劇性的張力。

第二組門徒

　　耶穌左手邊的第二組門徒，依序是：**湯瑪斯、大雅各、腓力普**。

　　第一位湯瑪斯手指向上天，彷彿要上天作證，不會有人背叛耶穌。

　　第二位大雅各雙手大大張開，微微張著嘴，祂似乎被耶穌的話震驚了，表情姿態都說明祂情緒被震撼的反應。

　　第三位腓力普與前面的大雅各剛好相反，祂雙手向著自己胸前，好像捫心自問，要求耶穌相信弟子們的忠誠。

　　三個門徒強烈的情緒表情，襯托著中央耶穌臉上一清如水的模型。

　　如果有一種智慧，可以預知生命未來種種，那麼，會不會是這張畫裡耶穌臉上的一清如水呢？

　　一清如水，是祂已超越了憂傷，也超越了喜悅。

第三組門徒

　　最左側的三位門徒是：**安德烈、小雅各、巴托洛摩。**

　　這三位門徒的臉孔都朝向同一個方向，朝向構圖中心的耶穌，也呼應最右側三位門徒。

　　為了使畫面構圖不呆板，達文西特別使門徒安德烈的雙手舉起，朝向另一個方向，也加強三個人一組的局部和諧性。小雅各和巴托洛摩則全神貫注，好像離得遠，想更確定耶穌說的話，集中中心點構圖的力量。

第四組門徒

最右側的三位門徒是：**馬太、達太和西蒙。**

馬太穿藍袍，轉身看著西蒙，但祂的身體手勢，尤其是右手，則伸向中心點，使一字排開的十三個人物之間有輕微的節奏轉折變化。

這三個人似乎在竊竊私語：老師怎麼會懷疑我們，我們是祂最忠實的門徒啊！

完全側面的門徒西蒙，站在最右側，遠遠呼應著最左側的門徒巴托洛摩。

Dan Brown如何解讀「最後的晚餐」

　　Dan Brown在《達文西密碼》小說的第五十五、五十六、五十八三章中集中論述達文西的名作「最後的晚餐」。

　　Dan Brown提到這件名作中的兩個疑點：

　　第一，耶穌右手邊第一個人物是一個女人，是《聖經》裡的一個妓女「抹大拉的馬利亞」，Dan Brown認為她就是耶穌的妻子，為耶穌懷了孕，但被以彼得為首的男性門徒篡奪了教會主導權，因此帶著「聖爵」（即耶穌子嗣）逃亡，演義出這本通俗小說非常「好萊塢式」的情節。

　　第二，猶大的背後有一個握著刀的手，這隻手不屬於畫中的任何一個人。

　　這兩個疑點其實長期以來一直被藝術史家注意到了；只是Dan Brown用了聰明的美國式頭腦把這兩個疑點變成商業上可以行銷的成功賣點。

　　先談第一個疑點。

　　門徒約翰在西洋美術史中一直是年輕俊美的人物，在一群男性性徵強烈的門徒中，常會被誤以為是女性，祂善良、溫柔、馴順，這些特質，當然可以是女性的，但也可以是男性的。

　　達文西本身同性戀的性向也特別使他會在性別角色上處理得不同一般畫家。

　　收藏在德國的一張手稿「肉身天使」（見九十一頁），達文西曾經把一個年輕人物處理成兼具女性乳房及男性陽具的裸體。

　　在性別的議題上，達文西的深邃，恐怕不是Dan Brown如此簡化的小說就可以解讀的。

　　此外，如果Dan Brown說畫中耶穌右手第一人是耶穌的妻子，那麼，十二門徒少了一位，另外一位到哪裡去了，《達文西密碼》顯然還是沒有解開密碼。

　　第二個疑點，關於猶大背後的「握刀的手」，顯然是達文西非常超現實的安排。畫面中暗藏殺機，但「殺機」來自於誰？一貫的解讀當然是「猶大」，因為祂以三十個銀幣的賞金，出賣了耶穌，耶穌因此被羅馬士兵逮捕。

　　Dan Brown大膽武斷地說這「握刀的手」表示彼得篡奪了耶穌的教會授權，排斥了耶穌的妻子，使梵諦岡成為純男性教會。

　　從通俗小說的角度來看，這種解讀當然是聳動的賣點，也獲得很大的成功，但是，在解讀達文西的傑作「最後的晚餐」恐怕缺乏更有力的支持論據，讀小說的讀者，姑妄聽之，在藝術史領域是不能認真的。

肉身天使
約1513～15年
粉筆或碳筆，粗糙的藍畫紙
26.8×19.7公分
德國，私人收藏

飛行理論之父

飛起來的夢想，飛起來的科學

　　達文西一直夢想著飛行，他和所有的兒童一樣，曾經仰面觀看天上飛過的禽鳥，充滿了好奇，也充滿了嚮往。

　　達文西手稿裡有蝙蝠的飛翔解剖圖，他好奇蝙蝠的飛翔和鳥類有什麼不同。

　　他開始觀察蝙蝠飛行時翅翼的狀態，與鳥類翅翼振動頻率的不同。

　　他記錄了不同鳥類翅翼羽毛的構造，解剖這些羽毛張開和收合時的關節變化。

　　他設計了許多模仿鳥類翅翼的零件，用木結構支架可以伸縮的翅，上面張著帆布。

　　他研究起飛時的推動器的結構，他也研究降落時如何收合翅翼，如何煞住速度，如何用滑輪滾動……所有的細節。

　　他甚至設計了降落傘，一個角錐狀的帆布傘蓋，垂掛著一個人體，他測量了人體重量和傘蓋張開時承重的力量。

　　達文西在飛行的實驗上一次一次失敗。

　　但是他留下許多許多詳細的飛行手稿，包括草圖和文字紀錄，使他贏得了「飛行理論之父」的稱號。

　　達文西在一次失敗的實驗之後，在手稿上記錄：我對空氣壓力的研究還不夠。

　　人類最後終於飛起來了，從飛行的夢想，到飛行的科學，人類通過了長達數千年的努力。

　　達文西是使飛行從夢想變成科學的重要關鍵。

　　他的飛行手稿奠定了西方飛行研究的基礎。

　　達文西的「密碼」或許很單純，一個是「夢想」，一個是「科學」。有這兩張翅翼，人類就可以飛起來了。

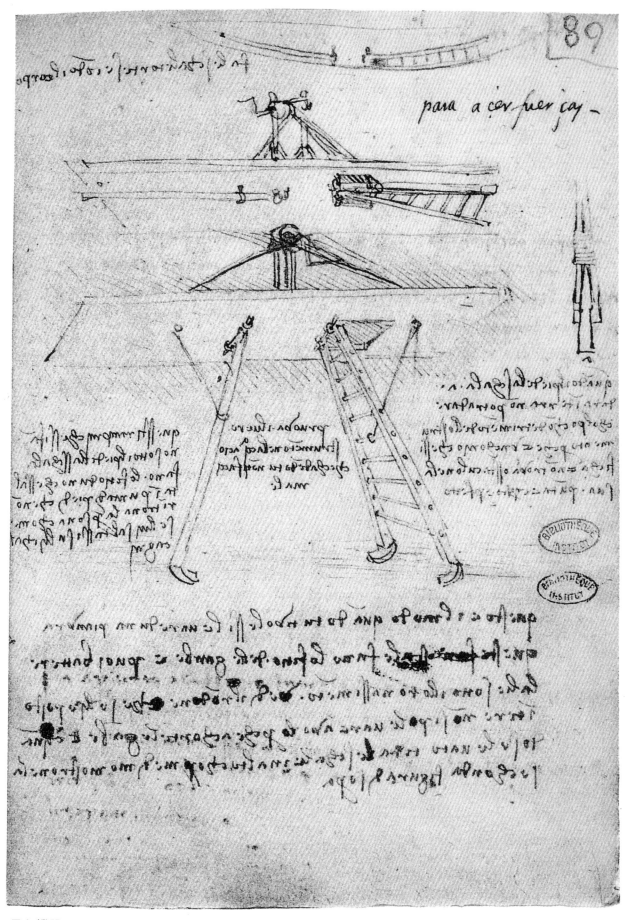

飛行機器　約1508年　鋼筆與墨水　31×21.5公分　巴黎，法國協會圖書館藏

維特魯維亞人體比例圖

古希臘的雕刻和建築裡都講究比例的精準。

美術史上常常說「黃金分割」，或「黃金律」。

人們相信宇宙中萬事萬物都有一定的秩序，看來混亂，只要掌握到秩序的規則，也就掌握了宇宙。

「秩序」、「規則」、「比例」都是一種數學。

印度教《吠陀經》重視「零」，「零」是一切的未開始。

中國古代重視「三」，「三」是多數。中國古代也重視「九」，「九」是數的極限，過了「九」就歸「零」，因此皇帝是「九九」至尊。

古代希臘相信人體的「美」，有客觀的比例規則，因此早期雕像，頭部和身體的比例常常是一比六，後期則演變為一比七。

掌握到「比例」的準確，可以掌握到「美」，因此「比例」非常珍貴，被冠上「黃金比例」的稱呼。

維特魯維亞（Vitruvius）是羅馬時代的藝術家，他總結了古希臘的人體比例研究，撰述了集大成的人體美學論著。

基督教興起，人體成為禁忌，長達一千年，維特魯維亞的著作被束之高閣，沒有人閱讀。

一四九○年，達文西重新整理維特魯維亞的論著，依據人體比例規則，圖繪了這張「人體比例圖」。

一個男子的裸體，張開雙手，雙手抵達方形邊框的邊緣，張開雙腳，雙腳踩踏圓形外框的邊緣。

達文西在圓形和方形中試圖找到「人」的定位。

有點像東方漢代的「規」與「矩」，「規」是圓規；「矩」是矩尺。漢代相信「天圓地方」，因此用「規」、「矩」來定位「人」。

達文西在「人體比例圖」裡用人體上的許多線尋找比例關係，雙肩的寬度，鎖骨到乳線的距離，肩至肘的長度，肘至腕的長度，會陰至膝關節，膝關節至腳掌……人體的每一部分都在「規」與「矩」的比例中。

會陰在正方形的正中央，「方」像一個人所占有的空間，漢代叫做「宇」，指上下四方；「圓」是人體外圍循環的「時間」，漢代叫做「宙」，指古往今來。

「宇宙」正是包圍著每一個人的「空間」與「時間」。

達文西在這張「人體比例圖」裡說：**「完美的人，是衡量宇宙的尺度。」**

這句話很像孟子說的：「萬物皆備於我，返身而誠。」

達文西的「人體比例圖」不只是一件美術作品，更是人類史上尋找人類定位意義的哲學傑作。

▌Dan Brown密碼

Dan Brown如何解讀「維特魯維亞人」

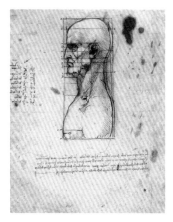

Dan Brown《達文西密碼》的第八章，非常聰明地以「維特魯維亞人體比例圖」這一世界知名的達文西手稿安排了小說人物羅浮宮館長的死亡形象。

「在生命的最後時刻，館長脫光了衣服，把自己的身體擺成一幅達文西素描『維特魯維亞人體比例圖』的樣子」。

小說的懸疑、聳動，情節的詭譎，都從這裡開始。

一個全世界最知名的符號，被運用在商業小說之中，當然增加了認識這個符號的讀者閱讀的興趣。但是對解讀達文西這件舉世名作而言，卻不能有太大幫助。

也許，Dan Brown的《達文西密碼》，對從來不認識達文西的讀者，會是一本很好的引發興趣的入門書吧！

已經改拍成電影的《達文西密碼》一定有更令人印象深刻的畫面，脫光衣服的男人，張開的四肢，銀光筆畫的圓，通過這麼聳動的敘述，讀者或影迷，還能夠安靜下來，細細沉思達文西「維特魯維亞人體比例圖」的真正意涵嗎？

或者，可以脫去自己的衣服，再一次了解這麼難得的身體，是否有達文西渴望傳達的「完美」意義。

男人側面像 約1490年
鋼筆、多種墨水、銀點、紅色與黑色粉筆
28×22.2公分　威尼斯，藝術學院藏

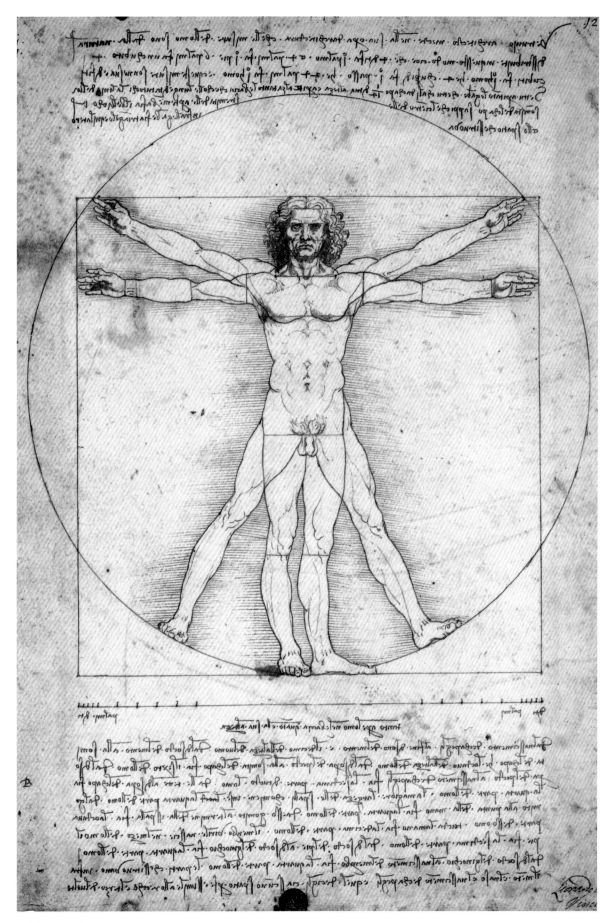

人體比例圖 約1490年 鋼筆、墨水與淡水彩、銀點底 34.4×24.5公分 威尼斯，藝術學院藏

達文西借助古代羅馬藝術家維特魯維亞的理論，創作了「人體比例圖」，他相信完美的人的身體，即是衡量宇宙尺度的標準。

（上）
附有鐮刀的戰車設計圖
約1485年
鋼筆、褐色墨水與褐色水彩 21×29公分
杜林・瑞林圖書館藏

（下）
巨大弩箭設計圖
約1485年
鋼筆與墨水覆上粉筆
20.5×27.5公分
米蘭，安布羅西安那圖書館藏

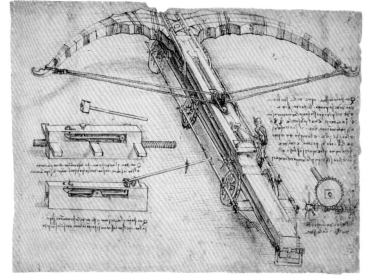

機槍設計圖

機械原理，或殺人武器？

在城邦爭霸的時代，達文西對美，對哲學，對生命，對宇宙的深沉思考，對許多握有權力的霸主而言，或許都太遙遠了。

霸主們關心眼前政治的輸贏，關心戰爭，關心如何攻城掠地，如何可以更快速地殺更多的人。

達文西在機械發明方面的才能因此被看重了。

霸主們提供許多人力物力資源，供給他研究槍械，研究可以快速連發的砲，研究攻城的機械雲梯，研究外覆鐵甲的戰車，研究帶著旋轉鐮刀的馬車，巨大弩箭。

霸主們關心如何殺更多的人，如何贏得戰爭；達文西關心的是機械原理功能性的運用，他一次一次實驗，創造了無數新的科學發明，而這些發明被權力野心者拿去運用在戰爭中，被稱為「武器」。

達文西的手稿中也實驗了可以潛入水中的船，極類似今日的潛水艇的設計，但手稿中以左手反字鎖了碼，近代才被解讀出來，達文西加注了一句：不要讓人類利用這項發明，他們到海底屠殺生命是不好的！

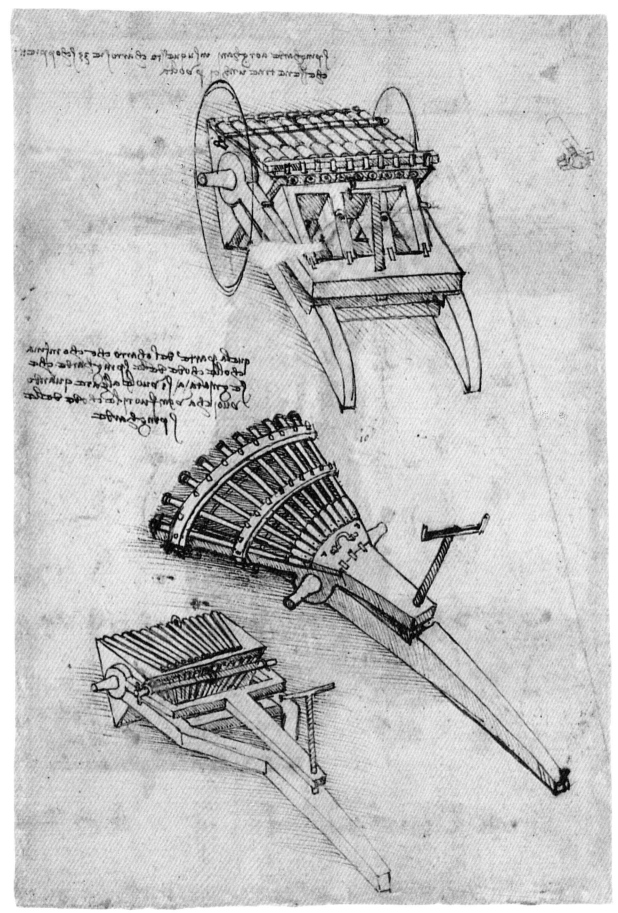

機槍設計圖 約1482年 鋼筆與墨水 26.5×18.5公分 米蘭,安布羅西安那圖書館藏

只有為野心爭霸的政客設計武器,達文西才能取得經費,從事他對機械力學和科學發明的創造研究。

聖克里斯多弗運河設計圖

流體力學之父──從一滴水開始

　　達文西在手稿裡留下了許多堤防、水壩、橋梁的設計，這些設計大多數並沒有付諸實現，只停留在草圖研究的階段，主要是因為這些需要花費鉅資的大型水利土木工程，當時許多執政者對達文西的草圖研究都抱懷疑的態度。但是，經過五百年，這些草圖被水利工程的專家一一研究，發現都有具體的科學分析，都是可以付諸實現的工程圖，再一次證明達文西遠遠超越他的時代，只是能了解他的人太少，能幫助他完成理想的人太少，延遲了人類文明的進展。

　　這些堤防、水壩、橋梁，都關係到流體力學，*達文西長時間觀察水，他從凝視一滴水開始，他說：這滴水是前面的水的最後一滴，是後面的水的第一滴。*

　　聽起來完全抽象的理論，卻為人類的流體力學領域打開了新的研究空間。

　　一滴水的量體、速度、壓力，可能微不足道，但是一滴水的力量，速度加到一千億倍、一兆億倍，就可能是排山倒海的力量與速度。

　　達文西從最微小的水的量體，研究到山洪暴發大洪水的驚人力量，他思考了「水」的不同變貌，他也才有可能設計規範水，與水的流體力學有密切關係的工程設計。

　　他曾經試圖改建米蘭城，把米蘭的兩條河流用運河連接起來，這條運河有雙層的堤壩閘門，可以提供不同高度的排水。

　　這一張小小的草圖只是他巨大複雜的改建米蘭城的一個小小的部分而已。

　　這個夢想沒有完成，他生得太早，沒有人相信他的夢想。但是，他不在意，他在自己的手稿中把夢想一一完成。

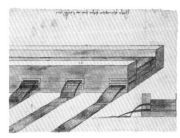

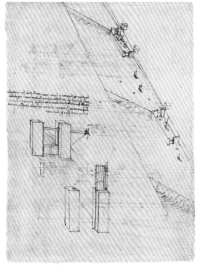

（左）
聖克里斯多弗運河　1509年5月3日
鋼筆、墨水與水彩　20.3×29.5公分
米蘭，安布羅西安那圖書館藏

（上中）
行駛帆船的愛文運河　約1495年
鋼筆與墨水　18.5×27.5公分
米蘭，安布羅西安那圖書館藏

（下）
大洪水　約1516年
黑粉筆與粗糙的米色紙　15.8×21公分
溫莎，皇家圖書館藏

（右）
運河水閘與水壩　約1482年
鋼筆、墨水與黑粉筆　27.8×21公分
米蘭，安布羅西安那圖書館藏

水流素描圖　約1508～09年　鋼筆與墨水覆上黑粉筆　29.5×20.5公分　溫莎．皇家圖書館藏
達文西從研究一滴水開始，開啟了流體力學的領域，對橋梁、水壩、堤防的建造都有貢獻。

聖母、聖子、聖安妮與施洗約翰
（此為細部圖，右頁為全圖）
伯靈頓學院大型草圖
約作於1499至1500年
薄紙板上黑色粉筆與鉛白顏料
141.3×104公分
倫敦，國家美術館藏

聖母、聖子、聖安妮與施洗約翰

世界上最美的一張素描

　　這件達文西四十八歲左右創作的素描草圖，目前收藏在倫敦的國家畫廊，是達文西繪畫作品中最令人「著迷」的一件。

　　「著迷」不是一個科學的名詞，「著迷」是因為一種難以言喻的美，超越了科學所能分析的領域。

　　世俗的看法，常常覺得「油畫」比「素描」重要，在市場價格上，油畫也往往比素描貴得多。

　　但是這件達文西的素描，甚至只是未完成的草圖，卻不遜色於任何一件世界名作。

　　達文西以黑色粉筆作影，以鉛白打光，在「光」與「影」的層次裡，看來只有黑和白，卻產生了單色系統中視覺迷離恍惚的千萬種變化，比任何油畫構成的層次還要複雜。

　　人物像籠罩在薄薄的霧中，微微轉動角度，畫面的光影就隨著發生變化，使人覺得好像對不準焦距，好像看到的不是一張畫，而是一個夢裡的記憶。

　　這件作品陳列在倫敦國家畫廊入口右手邊一個隱僻的角落，因為畫在紙板上，光線不能太強，在幽微的光裡更顯出這件作品非凡的神祕與華貴。

　　聖安妮是聖母瑪利亞的母親，她專注凝視著自己的女兒，一隻手以食指指向上天。這個母親好像不知道為什麼上天選擇了她的女兒做為神的母親，受孕懷胎，最後還要親眼看著兒子釘死在十字架上。

　　一切都不可知，不可解，如同《金剛經》中說的「不可思議」，聖安妮指向上天的手，變成達文西晚年重要的繪畫符號，指向神祕，指向不可知，指向信仰，指向心靈的感悟。

　　達文西一生鍥而不捨地研究科學，最後卻在科學之上留給「信仰」一個巨大的空白領域，一種心靈的留白。

　　畫中聖母瑪利亞懷抱著嬰兒耶穌，慈藹地微笑著，沉浸在母親的滿足喜悅中。然而耶穌卻似乎要從母親的懷抱掙脫，祂撲向另一個年齡稍大的幼兒──施洗約翰。

　　施洗約翰再度出現了，這個以後苦修殉道的聖徒，此時天真爛漫，依靠在聖安妮腳邊，看著耶穌。

　　兩個年齡相差不多的小男孩，彼此對望著，祂們有祕密的眼神，祂們有祕密的手勢，祂們像是有前世的約定，要一起去赴「神」的約會，連最親近的母親也無法理解祂們之間祕密的愛，祂們的眼神，祂們的手勢，都不可解。

　　達文西像是在昭告一種沒有人可以了解的愛。

借著基督教中聖母的角色，達文西創造了最寧靜祥和、最具內斂氣質的女性之美。

聖母、聖子與聖安妮

母親阻攔不了的出走

這張達文西晚年的傑作在羅浮宮，常年以來就掛在「蒙娜麗莎」旁邊，卻往往被粗心的觀光客忽略。

聖安妮是聖母瑪利亞的母親，她低頭沉靜微笑，像極了東方宗教裡的觀音，微笑中滿是悲憫，彷彿知道未來一切，知道生命悲苦，卻不忍道破。

瑪利亞坐在聖安妮懷中，這個姿勢很像還沒有長大的女孩，躺在母親懷中，還可以撒嬌，還可以依賴母親。

但是，她卻伸手去抱自己的孩子耶穌了。

她原來是天真無邪的純潔少女，被神選中，受孕懷胎，生了耶穌，成為「聖母」，她已經有了母親的喜悅，也有了母親的憂愁。

達文西好像在講生命的兩難，講生命中不可知的注定。

聖母瑪利亞伸手去抱耶穌，耶穌回頭看母親，但是祂似乎堅決地要掙脫，祂的雙手抓著一個羔羊的耳朵。看來只是兒童遊戲的動作，但是，在基督教長期的符號象徵中，羔羊是神的獻祭，祂的血要灑在祭台上，祂是「犧牲」。

羔羊常常是施洗約翰的象徵，羔羊也常常是耶穌自己為人類贖罪的象徵。

達文西在這張畫中的隱喻越來越撲朔迷離了。

畫面上四個角色，從聖安妮、瑪利亞、耶穌，到羔羊，用眼神貫穿出對角線的構圖，祂們好像被一條看不見的線串在一起，串在同一個悲劇的宿命中。

悲劇的宿命瀰漫畫中，他們卻都微笑著，知道生命的宿命「不可思議」。

畫面背景的山水以霧狀透視處理單色系的悠遠效果，完全像中國宋元時代的山水畫。

達文西活動的十五世紀後半葉到十六世紀初，已經是中國明代的中後期，東方水墨山水畫已經成熟發展了兩、三百年。

達文西有沒有看過東方的水墨山水畫？

達文西有沒有受到東方水墨山水美學的影響？

多年來，無數藝術史學者在探尋這個問題，找不到直接的有力證據，但是，一再出現在他畫面背景的山水，說明著尚未被發現的達文西與東方山水另一個有趣的「密碼」，而這樣飄渺悠遠的山水也正是最適合襯托畫中人物既喜悅又憂傷的心境，達文西是西方美術中最能掌握東方「空靈」美學的一位奇才。

（右頁）
聖母、聖子與聖安妮
約作於1506至1513年
木板上油彩
168.6×130公分
巴黎，羅浮宮藏

（上）
「聖母、聖子與聖安妮」背景中的山水已經是達文西晚期渲染「霧狀透視法」的顛峰之作，
雲煙蒼茫，完全是東方山水畫的美學神髓。

（右）
聖嬰回望母親，卻握著做為「犧牲」的羔羊雙耳，在殉道的路上，似乎還頻頻回看人間。

蒙娜麗莎

蒙娜麗莎──憂傷的微笑

世界上沒有任何一張畫，像「蒙娜麗莎」的微笑，擁有如此廣泛的知名度。

她不再是一張畫，她是一個符號。

每一個人從幼年開始，在電視上、月曆牌上、餅乾或糖果盒上，T恤上、滑鼠墊板上，在拼圖玩具上，或撲克牌上，「蒙娜麗莎」的微笑，無所不在，普遍在世界每一個角落，每一個階層。

一個符號如此被大量複製，不斷重複出現，我們對她的「美」其實已經麻木無感。

懸掛在羅浮宮的那唯一一張「原作」其實是非常寂寞的。

很少有人花心思去分別那唯一的一張「原作」和遍布世界千千萬萬的複製品，之間究竟有什麼差別？

從全世界湧進羅浮宮的遊客，每日數以萬計，絕大部分是為「蒙娜麗莎」而來的。

「蒙娜麗莎」變成一種「名牌」，「名牌」以訛傳訛，大家爭相搶購，最後往往掩蓋了「名牌」真正存在的核心價值。

羅浮宮的遊客們，以小跑步的速度，衝到「蒙娜麗莎」面前，匆匆看一眼，表示「我終於看到了」。

「名牌」的擁有也許只是一種慾望的滿足。

「蒙娜麗莎」也變成一種慾望。

在嚴密的警衛、電眼、防彈玻璃層層嚴密的保護下，「蒙娜麗莎的微笑」有一點慘傷，有一點荒涼，有一點無奈。

遊客們始終看不清楚她的微笑，防彈玻璃上都是遊客張望的影子，遊客們看到的也常常只是遊客的後腦杓。

「蒙娜麗莎」是世界上最寂寞的一張畫。

達文西使她以不變應萬變地端莊坐著，使她無可奈何地笑著，好像達文西早已預料「她」的存在如此荒謬，而世人對「她」的美，也始終似懂非懂。

生命不就是一種荒謬嗎？我們對生命不一直也是似懂非懂嗎？

蒙娜麗莎，義大利的名字應該是「吉奧孔達夫人」。當時翡冷翠的貴族吉奧孔達委託達文西，為他第三任妻子畫一張肖像畫。

達文西接受了委託，大概在一五○三年開始工作。

（右頁）
蒙娜麗莎
創作於1503至1507年間
木板上油彩
巴黎，羅浮宮藏

原來只是一件單純的人物肖像畫，達文西畫著畫著，似乎開始思索「人」的問題，面前的這個女人，美麗嗎？美麗可以存在多久？她喜悅嗎？因為喜悅，所以微笑。而微笑可不可能傳達憂傷？

　　肖像畫應該只是一個特定人物的畫像，然而，達文西關心的是「人」，是「人」共同的生命現象。

　　這張畫大概從一五○三年畫到一五○七年，逐漸脫離了「吉奧孔達夫人」，從肖像畫轉變為一件充滿「謎語」、充滿隱喻和象徵的作品。

　　一五一四年，六十二歲的達文西受教皇利奧十世邀請到羅馬，他身邊帶著這張畫。

　　原來受委託的肖像畫，卻沒有交件。

　　當時達文西中風，右半邊癱瘓，行動不便，他改用左手練習畫畫，繼續修改這件作品。

　　一五一六年，六十四歲的達文西為自己畫了一張自畫像。

　　頭髮都禿了，長長的鬍鬚，眼袋下垂，眼角都是皺紋，他在鏡子裡看著自己，一張衰老的男人的臉，曾經年輕過，曾經俊美過，曾經像「吉奧孔達夫人」一樣受著寵愛……。

　　他同時畫著兩張畫，一張「吉奧孔達夫人」，一張「自畫像」。

　　他或許在問自己，「吉奧孔達夫人」有可能就是我嗎？

　　許多學者發現「蒙娜麗莎」謎語一般的笑容下隱藏著達文西的自畫像。

　　他開了世人一個玩笑。

　　遊客們在羅浮宮都看不見達文西，他們匆匆一瞥，看到的只是表面的「蒙娜麗莎」。

　　沒有人看得到一個美麗女人的笑容下掩蓋著一個衰老男人憂傷的面容。

　　一五一七年，六十五歲的達文西受法國國王邀請到安布瓦茲，他身邊帶著少數幾張畫，其中一件是「蒙娜麗莎」。

　　一五一八年達文西在法國逝世，「蒙娜麗莎」成為法國意外獲得的最珍貴的財富。

（右頁）數世紀以來，她以寧靜的、謎一般的笑容征服了全世界……

那一雙手交握在一起，安靜而又柔和，達文西似乎解脫了青年時的焦慮，創造了平和而又自在的一雙手……

施洗約翰

最後的神祕手勢

施洗約翰的圖像幾乎貫穿達文西的一生。

達文西最早十七歲的作品,在他的老師維洛及歐畫的「耶穌基督受洗圖」上畫了兩個天使,「耶穌基督受洗圖」即是以施洗約翰為主題。

施洗約翰用約旦河的水為世人施洗禮,洗清眾人的罪。

「施洗」是一種儀式,但對達文西而言,他彷彿一直思考著:「什麼是罪?」「罪可以用水洗淨嗎?」

他對施洗約翰在曠野的苦修,對施洗約翰吃蜂蜜的瘦骨嶙峋的身體,對他披著駱駝皮毛的邋遢的容貌,都不會不清楚。

然而,一五一六年,垂垂老矣的達文西,卻完全違反世俗的觀點,畫出這麼詭異的一張「施洗約翰」。

這是達文西最後一件作品,可以說是他藝術創作的最後一個句點。

這一段時間,他畫了「蒙娜麗莎」,隱藏著他對性別曖昧的遊戲,他甚至畫了幾張以年輕俊美弟子反串的「吉奧孔達夫人」像,鬼魅般地笑著。

他也創作了「麗達與天鵝」,用古代希臘的神話,描述宙斯幻化成天鵝,與麗達交媾,生下了兩個蛋。

這張畫原件已經遺失,但有許多摹本傳世,彷彿也透露著達文西晚年對「反常」性愛的關心,同性之間的愛,性別的倒反,人與獸的性愛,都一一出現。

從這個時期的一致傾向來看,達文西創作的「施洗約翰」或許就不顯突兀了。

畫中的男子好像戴著假髮,一鬈一鬈的金髮在暗黑中發亮。這是施洗約翰嗎?這樣豐腴滑膩如女性般的胴體,左手撫摸前胸,似乎完全不是苦修殉道者乾瘦的肉體,這個肉體充滿俗世的慾望,充滿愛與被愛的渴望。

有人說達文西是以一名妓女為模特兒來畫這張畫的。

畫中的年輕男子臉上透露著詭異曖昧的笑,眼神近乎挑逗,一手指著上面,好像說:「你要跟我去那裡嗎?」

一再在達文西畫中出現的手指姿勢,好像終於有了答案。達文西的手勢,並不是宗教上神聖的手印,而毋寧更是俗世愛情的解放罷。

在羅浮宮看原作,十字架的部分是非常不明顯的,隱藏在暗黑的背景裡,大部分印刷品都把十字架做了強調。

達文西在聖潔的殉道圖像裡隱藏著俗世的沉淪,「罪」好像無法洗淨,「天國」只是曖昧的眼神與手勢而已!

（右頁）
施洗約翰
約作於1513至1516年
木板上油彩
69.2×57.2公分
巴黎,羅浮宮藏

祂是「施洗約翰」?祂為何指著空中,彷彿邀請我們說:到那裡去?

達文西最後一件作品留下曖昧詭異的笑容，仍然是解不開的一個密碼。

自畫像

他臉上的美，使哀傷者得以平靜

一五一六年，六十四歲的達文西畫了這張「自畫像」。

比起他在一四八一年二十九歲的自畫像，他的容貌改變了很多。

他的額頭很寬，好像容納著許多思考，好像在平靜下面仍然波濤洶湧。

時間在這寬廣的額頭上犁下了一道一道深深的轍痕。

眉毛很濃很長，幾乎全白了，低低壓著眼眶。

眼眶裡深邃又銳利的眼神，好像還飽蓄著熱情，對科學探究的好奇，對美的渴望，對生命永不止息的愛與凝視。

眼角四周的皺紋，以及深凹的眼窩，都似乎遠遠超過六十四歲應該有的樣子，好像太多滄桑使他早衰了。

他的鼻梁挺直，有一種君王般的傲氣。

從鼻翼兩側延伸下來的法令紋，配合著緊抿的唇角，透露著他堅定的毅力，這樣的一張臉，可以經歷科學實驗中一次一次的失敗，卻絕不會放棄。

他長長的頭髮，長長的鬍鬚都梳理得很整齊，一條一條纖細有秩序的波紋，像他曾經描繪過的水波上的光，像他曾經描繪過的麥田中每一絲葉片上閃爍的光。

他凝視著什麼？

這麼深沉的一張臉。他的好朋友瓦薩里在傳記裡形容：「他臉上的美，使哀傷者得以平靜。」

一五一八年五月二日，死在法國安布瓦茲，達文西的身邊陪伴著一名弟子梅爾濟，他叮嚀弟子慎重處理他一生留下的六千件小紙片上的手稿，那裡面包含了五百年來引領人類走向不同領域的科學、哲學和美學的探討的精華。

據說，他昏迷中還問了弟子一句：「我這一生，到底有沒有成就什麼？」

達文西或許是一個永遠破解不了的密碼。

（右頁）
自畫像
1516年
15.2×21.3公分
他六十四歲了，如此蒼老，卻又如此堅毅，
目光炯炯，看著他眷戀過，卻又即將告別的人間。

植物素描

盛開的水仙花與筆記
約1506年
紅粉筆
34.8×24公分
米蘭，安布羅西安那圖書館藏

自然界的美麗秩序

達文西常常蹲在地上觀看一朵路邊野花，或是一株小草。

他從口袋掏出紙和筆，一點一點把一朵花的花瓣細細勾摹在紙上，花瓣疊壓，有一定的秩序，雄蕊和雌蕊的排列，也有一定的秩序，花瓣像一朵華麗的皇冠，從一片葉子中升起。葉子一片一片，也有一定重疊或生長的秩序。

他如此安靜地觀看著一片葉子，鋸齒狀的葉片邊緣，葉片中細如人體血管的葉脈，分布如同一張繁密的網。

什麼是「美」？

美是如此靜定地觀看大自然每一處最微小的存在，發現這些存在中不可思議的秩序。

達文西手稿中有許多植物圖像的描繪，好像是畫家的素描手稿，但達文西或許並不只是為了繪畫，繪畫只是他理解自然，理解宇宙，理解生命的一種方式。

他也可以用文字，他的手稿中也充滿文字的紀錄。

這些植物圖鑑有些會在他的繪畫作品中出現在一個小小角落，有些只是純粹私下的研究，並不全然是為了目的性做的手稿。

伯利恆之星與其他植物　約1506年　鋼筆與墨水、紅粉筆素描打底　19.6×16公分　溫莎，皇家圖書館藏

蹲在地上看一朵花，素描一片葉子，達文西的手稿往往只是對微不足道的渺小生命的一種專注。

衣紋手稿

衣紋光影研究

人體跪姿衣紋習作
約作於1475年
棕灰色蛋彩加鉛白顏料加強效果，畫於灰色帆布上
310×205公分
紐澤西，普林斯頓大學強生展覽室藏

　　達文西早期的手稿中有極大一部分在做「衣紋」研究。
衣紋覆蓋在人的身體上，隨著人的身體動作發生變化。
衣紋不好處理，中古世紀人物衣紋的處理都比較呆板。
　　達文西以稀釋的石膏水浸泡布匹，再摺疊成他要的衣紋形狀，
等石膏乾透，衣紋固定了，可以長時間觀察衣紋上光和影的變化，
他可以做更精細的素描練習。
　　衣紋有一定布匹的重量，也有布匹質感的轉折，但又隨著人物不同的動作，例如：跪、站、坐
……等姿勢而變化，達文西在三十歲以前留下許多這一類的觀察素描。使他在繪畫人物畫的衣紋時
有了超越前代畫家的精彩表現。

人體坐姿衣紋習作
約作於1475年
棕灰色蛋彩加鉛白顏料加強效果，畫於灰色帆布上
290×200公分
佛羅倫斯，烏菲茲美術館藏

每一件衣袍下掩蓋著一個肉體，達文西想研究衣袍與人體的關係，
沒有真實的人體，衣袍只是空洞的存在。

幾何物體透視圖
約1510年
鋼筆、墨水與水彩
15×19公分
米蘭，安布羅西安那圖書館藏

馬頭羊角七弦琴草圖
約1492年
鋼筆與墨水
27×17.5公分
巴黎，法國協會藏

幾何圖形

幾何物體透視

　　達文西晚年的手稿中有許多關於純粹數學與幾何學的探討。

　　一些非常單純的幾何透視，像是建築，又像是抽象的立體雕刻，有時也像化學結晶的本質元素。

　　這些幾何圖形是達文西關心的數學本質嗎？

　　通過一生對機械、物理、化學、流體力學、大氣壓力、聲波、光速⋯⋯各個領域的深入探討，好像到了最後，達文西發現一切科學的本質有著非常類似的純粹性。

　　他在手稿裡留下的一個一個單純極簡的絕對幾何符號，好像他透視物體本質最後的狀態，寧靜，永恆，好像無始無終，不增不減，不生不滅的宇宙本體。

其他草圖

馬頭羊角七弦琴草圖

　　達文西曾經擔任過米蘭公爵的宮廷樂師，他的手稿中留下了一件自己設計的樂器，這個樂器是一張七弦琴，造型像馬的頭，有兩隻羊角，使人想到古希臘的牧神。達文西不只是音樂家，他更好奇於聲波的震動，把草綁在琴弦上，觀察震動的頻率，他在繪畫領域發展的視覺極限，也在聽覺領域發展到了極致。

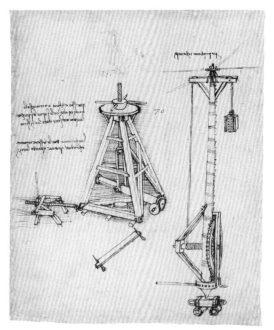

可舉起柱子與重物的機器設計圖
約1480年
鋼筆、墨水與黑粉筆
21×17.5公分
米蘭，安布羅西安那圖書館藏

肉身天使
約1513～15年
粉筆或碳筆，粗糙的藍畫紙
26.8×19.7公分
德國，私人收藏

起重機械設計圖

　　達文西十九歲時曾經協助他的老師維洛及歐，設計了起重機械，把一顆重達兩噸的金屬球舉起，裝置在教堂的頂上。

　　他以輪盤絞鏈設計的起重機械之後也運用在不同的操作功能上。

肉身天使

　　晚年的達文西對性別的跨越充滿興趣。

　　他不只在「蒙娜麗莎」中隱藏了自畫像，也在「施洗約翰」圖中把男性與女性的特徵混合在一起。

　　一五一三～一五一五年他的一張手稿，「肉身天使」更明顯透露了他對世俗性別的背叛，他在這件手稿中，畫了一個裸體人物，兼具女性的乳房和男性的勃起陽具。

　　畫中人物的姿態也和同一時間創作的「施洗約翰」非常類似。

　　「肉身天使」的哲學背景有可能來自古希臘的柏拉圖，柏拉圖在〈饗宴篇〉中敘述最初完美的人類，兼具兩性，後來被懲罰，劈成了兩半，每一半都是殘缺，每一半都在尋找另一半，但常常找錯，再也復原不了「完美」。

達文西大事記

一四五二	達文西生於佛羅倫斯附近的文西鎮。
一四六九	達文西進入佛羅倫斯藝術家安德利亞・德爾・維洛及歐（Andrea del Verrocchio）工作室學藝，從此展開其藝術生涯。
一四七一	維洛及歐工作室為佛羅倫斯大教堂（Florence Cathedral）的圓頂小亭裝置一座金球。
一四七二	達文西加入佛羅倫斯畫家公會。
一四七五	達文西發表初期創作。
一四七六	達文西被控以同性戀罪行，最後被宣告無罪。
一四七八	著手進行大西洋手稿。
一四八二	達文西遷居米蘭，服務於米蘭公爵盧多維克・史佛薩旗下，並創立達文西學院。
一四八三	受委託完成「岩窟聖母」。
一四九〇	根據維特魯維亞之理論作「人體比例圖」。
一四九三	潛心製作史佛薩騎馬銅像的各式習作與模型。
一四九五～九七	為米蘭聖母感恩堂之膳食堂繪製濕壁畫「最後的晚餐」。
一四九九	進行橋梁提防、水壩之研究。
一五〇〇	達文西歸返佛羅倫斯，並造訪羅馬。
一五〇二	擔任教皇軍指揮官凱薩・布喬亞（Cesare Borgia）的軍事工程師，設計許多先進機械武器。
一五〇三	開始構思「蒙娜麗莎」。
一五〇六～十三	達文西再度往訪米蘭（一五〇六），並接受教皇利奧十世的邀請前往羅馬。
一五一六	達文西到法國旅行，居住於安布瓦茲附近的克盧城堡（Cloux）。繪「自畫像」。
一五一九	五月二日，達文西逝世於克盧城堡，享年六十七歲。

國家圖書館出版品預行編目資料

破解達文西密碼（Cracking the Da Vinci Code with Chiang hsun）／蔣勳 作.-
第一版.--臺北市：天下遠見，2006〔民95〕

　　面：　公分.--（文化趨勢：7）

ISBN 986-417-657-9（精裝）

947.5　　　　　　　　　　　　　　　　　　95003756

文化趨勢 007

破解達文西密碼
Cracking the Da Vinci Code with Chiang hsun

作者／蔣勳
文化趨勢總編輯／陳怡蓁
系列主編／項秋萍
責任編輯／李麗玲
美術指導／張治倫（特約）
視覺設計．美術編輯／張治倫工作室　王虹雅（特約）
圖片來源／copyright INSTITUT FÜR KULTURAUSTAUSCH TÜBINGEN GERMANY
【頁9～11、頁16～19、頁26（上左、上中、中、下）、頁27（下）、頁32（右）、頁33、頁35、頁37、
頁41～43、頁60、頁80～83、頁95～99、頁119、頁124（左）、頁125（左）、頁126～127】

出版者／天下遠見出版股份有限公司
創辦人／高希均、王力行
天下遠見文化事業群　總裁／高希均
發行人／事業群總編輯／王力行
天下文化編輯部總監／許耀雲
版權暨國際合作開發協理／張茂芸
法律顧問／理律法律事務所陳長文律師　　　　　　著作權顧問／魏啓翔律師
社　址／台北市104松江路93巷1號二樓
讀者服務專線／（02）2662-0012　傳真／（02）2662-0007；2662-0009
電子信箱／cwpc@cwgv.com.tw
直接郵撥帳號／1326703-6號　　天下遠見出版股份有限公司

製版廠／凱立國際資訊股份有限公司
印刷廠／吉鋒彩色印刷股份有限公司
裝訂廠／精益裝訂廠
登記證／局版台業字第2517號
總經銷／大和書報圖書股份有限公司　電話／（02）8990-2588
出版日期／2006年3月16日第一版
　　　　　2007年1月20日第一版第9次印行
定價：450元
ISBN：986-417-657-9
書號：CT007

U0119231